우리는 영화의 한 장면에만 나오지만

죽음의 현장에서 과학수사관들이 전하는 삶의 메시지

우리는 영화의
한 장면에만 나오지만

현장 과학수사관 28명 지음

우리는 죽음의 현장에서 삶을 찾는
과학수사관입니다

삶과 죽음의 현장에서 맞이하는 진실의 무게는 언제나 무겁습니다.

누구 하나 억울함이 없도록 과학수사관들은 한결같이 그곳에서 함께 해왔습니다.

누군가 현장에서의 기억을 물어 오신다면, 검시(檢屍) 시작 전 마주한 분에게 '생전 수고하셨습니다'라며 드리는 정중한 인사, 수사용 카메라 렌즈에 맺힌 '눈물' 그리고 일터에서 돌아오는 차 안에서 집에 거는 전화 한 통이라고 말씀드리고 싶습니다.

제각각 사연을 품은 희노애락의 사건 사고 속에서도 희망의 빛은 여전히 존재하고, 인간의 인간다움이 남아 있음에 안도하고는 합니다.

그렇게 험한 길 위에서 보낸 경찰 80여 년의 여정, 마음 깊이 담아두었던 이야기들을 이제야 꺼내놓습니다.

그리고 새로운 여정의 출발점에 선 이 시간, 국민의 부름에 응답하기 위해 다시 신발 끈을 고쳐 맵니다.

우리들의 걸음은 멈추지 않을 것입니다.

첫눈처럼 희고 따뜻한

전국 1832명 과학수사관을 대표하여

차례

들어가며

우리는 죽음의 현장에서 삶을 찾는 과학수사관입니다

제1장

과학으로 수사한다는 건
인간의 예의를 다한다는 것

제2장

과학수사는 마지막 장면에서
첫 장면을 찾아내는 모험

과학으로 수사한다는 건
인간의 예의를 다한다는 것

진실을 찾기 위해서는 황량한 바람을 맞으며
그 얼음 위를 홀로 걸어야만 한다.
차가운 바람이 얼굴을 스칠 때마다,
나는 이 길이 얼마나 고독하고 외로운지를 깨닫는다.
그러나 누구도 대신해 가줄 수 없는 길이다.

6년이나 걸렸지만
깨어나줘서 고마워

새벽 3시 과학수사팀 사무실. 느닷없이 울리는 벨이 정적을 깨운다.

전화기를 받아들자 형사팀에 근무하는 김 법사의 목소리가 흘러나온다.

"성폭행 사건이에요……."

가장 깊고 어두운 시간이지만, 그의 말에 몽롱했던 정신이 번쩍 깨어난다.

다급하게 사무실 문을 열고 밖으로 나서자 차가운 새벽 공기가 뺨을 스치고, 밤새 내린 서리로 젖은 나뭇잎이 밟힌다. 저벅대는 소리가 날 때마다 몸이 움츠러드는 스산한 날씨었다.

김 법사가 저만치 모습을 드러냈다. 어두운 달빛 그림자에 그의 모습이 마치 저승사자처럼 느껴졌다. 김 법사는 나와 동갑인데, 생긴 외모에서 풍겨 나오는 분위기가 너무 우락부락해서 사나운 개도 마주치면 꼬리를 내린다고 붙여진 별명이었다.

그를 태우고 전조등 불빛을 따라가는 동안 어떻게 감식할지 생각을 정리했다. 고요한 도로를 달리며 생각에 잠긴 사이 어느새 현장 부근에 도착해 있었다.

가로등도 없는 침침한 골목길을 지나자 먼저 와 있던 지구대 경찰관이 팔을 흔들며 손짓을 한다. 사건 현장은 빌라 주택 1층. 출입문 사이로 피해자로 보이는 젊은 여자가 불안하게 서 있는 게 보였다.

남편이 지인을 만나러 나가면서 금방 돌아오겠다고 했던 터라 기다리는 동안 출입문을 잠그지 않았다고 했다. 그사이 술에 취한 중년 남자가 출입문으로 침입했고, 싱크대 안 칼꽂이에서 과도를 꺼내 위협하며 성폭행 후 달아났다고 했다.

범행에 사용된 과도가 싱크대 위에 덩그러니 놓여 있었

다. 문득 그 과도가 자신의 쓰임새와는 상관없이 너무도 위풍당당해보인다는 생각이 들었다.

"범인의 인상착의는 어땠나요?"

절차대로 김 법사가 피해자에게 범인의 인상착의를 물었다.

"어두워서 잘 보이지는 않았어요."

이내 고통스러운 기억을 상기하는지 피해자가 머뭇거렸다. 그러고는 시선을 내게로 돌리더니 한참이나 뚫어져라 바라보았다.

'그런데 나를 왜?'

"이분과 체격이나 인상이 많이 닮았네요."

'이런!'

저도 모르게 탄식이 터져 나오면서 멈칫했다. 길 가다가 모르는 사람한테 뒤통수를 한 대 얻어맞은 기분이 이런 걸까? 흉측한 범인이랑 내가 이렇게 대놓고 닮았다는 소리는 태어나서 처음이었다.

'김 법사라면 모를까. 왜 하필 나를?'

김 법사를 향해 슬그머니 눈을 돌리자 그가 의미심장한 표정으로 내 위아래를 훑더니 보란 듯이 고개를 크게 끄덕

거렸다. 정말 동의한다는 듯!

억울한 나머지 '너무 심한 오해십니다'라는 말이 목구멍까지 비어져 나왔지만, 꿀꺽 삼키고 말았다. 그동안 험상궂은 외모로 공연히 오해를 받곤 했을 김 법사의 억울함에 비할 바는 아니지 않을까 위로하며 말이다. 그래도 범인과 닮았다는 소리를 듣고 피해자 면전에서 감식을 하려니 기분이 참 묘했다.

◇ ◇ ◇

외부에서 내부로 들어가며 범인의 흔적을 찾기 시작했다.

출입문 손잡이에서 지문을 몇 개 채취했으나, 여러 사람이 만지는 곳이라 신빙성이 떨어져 보인다. 게다가 채취한 지문마저도 부실했다. 마지막 남은 희망 하나는 싱크대 위에 뻔뻔하게 놓여 있던 과도뿐이었다.

간절한 마음으로 과도를 감식하기 시작했다. 늘 그렇지만 지문 감식을 하는 그 짧은 시간 동안 소용돌이치는 감정들은 간절함을 넘어 비장하기까지 했다.

칼날에 붓이 스쳐 지나가자 분말이 제 할 일을 찾아간다.

순간, 지문이 얼핏 스치는 듯도 싶었다.

일말의 환희가 번지며 심장이 콩닥거리는 소리가 느껴진다. 제발…….

융선을 따라 붓이 지날 때마다 지문은 더욱 선명해져 간다.

아! 이어 나도 모르게 입에서 탄식이 터져 나오고 말았다. 지문은 선명하나, 반쯤 있는 지문이 이중으로 겹쳐져 있었다.

문제는 그것만이 아니었다. 칼날의 중심부가 가로로 구멍이 6개 뚫린 타공형 과도였는데, 손잡이 쪽 첫 번째 구멍 위에 지문이 턱 찍혀 있는 게 아닌가! 그 구멍의 동그라미 공백으로 인해 지문이 반토막의 반토막, 그러니까 1/4만 남은 것이다. 설상가상이 따로 없었다. 이런…….

아쉬움의 여운이 무겁게 남아 망연자실해 있는데, 김 법사가 자꾸만 눈치 없이 물어온다.

"어때? 신원이 나오겠어? 보니까 떡하니 찍혀 있는 지문이 완전 선명한 것 같드만……."

괜한 자존심에 오기가 생겨 고개를 크게 끄덕이며 큰소리를 치고 말았다.

"부분이지만, 그래도 선명하니까……. 꼭 찾을 수 있을 거야."

그건 나 자신에게 하는 말이기도 했다. 나도 그렇게 간절하게 믿고 싶었던 것이다.

감정을 보내고 나서 일주일 정도 시간이 흘렀다.

그래도 혹시 나오지 않았을까? 아니, 제발 나와야 할 텐데……. 애써 실낱같은 희망의 끈을 꼭 움켜쥐고 놓지 않았다. 그러나 결과는 간절한 희망에도 불구하고 너무도 아쉬웠다. 유전자도, 지문도 모두 증거될 만한 것은 없다는 결과였다.

'아, 칼날에 그놈의 구멍만 없었더라면…….'

결국 사건은 그 어떤 단서도 찾지 못한 채 서류 속에 묻혔고, 아쉬움과 안타까움만 덩그러니 남았다. 그리고 그 감정들은 아주 오랜 시간 동안 내 마음속에 무겁게 가라앉아 있었다. 때때로 그때 일이 떠올라 머릿속이 어지럽기도 했다. 그럴수록 피해자에 대한 미안함도 커져만 갔다. 그렇게 6년이라는 시간이 흘렀다.

그동안 많은 것이 변했다. 골목마다 CCTV가 설치되었고, 휴대전화로도 위치추적이 가능해졌다. 수사 기법도 과학수사도 비약적인 발전이 이뤄졌다. 이제 더는 범죄자가 숨을 곳이 없게 되었다. 완벽한 범죄도 더 이상 불가능해졌다.

그리고 한 가지 더 반가운 소식은 미제 사건들도 해결할 수 있게 되었다는 것이다. 그래서 나는 6년 전 잠든 지문을 다시 깨워보기로 했다. 미제 사건으로 남아 문득문득 나를 괴롭히던 그 지문을 말이다.

떨리는 마음으로 다시 감정 의뢰를 했다. 기다리는 시간 동안 하루에도 열두 번은 감정이 널뛰듯 했다.

'밝힐 수 있겠지? 못 밝히면 어떻게 하지? 밝혀야 하는데…….'

그리고 얼마 후 용의자의 신원이 나왔다는 결과를 전해 들을 수 있었다.

"어이, 김 법사. 신원이 나왔다네!"

제일 기뻐할 김 법사에게 가장 먼저 소식을 알렸다. 그리고 얼마 지나지 않아 범인은 검거됐다.

사건이 마무리되기까지, 약속을 지키기까지
너무 오랜 세월이 걸렸다. 안도감이 밀려들었지만
오랜 시간 가시지 않은 미안한 감정은 그대로였다.

하지만 기쁨도 잠시, 용의자가 범행을 완강히 부인했다. 결국 사건은 지문 외 다른 뒷받침할 증거 없이 검찰로 넘어갔다.

이 일을 하면서 늘 느끼는 건, 사건 하나하나가 산 넘어 산이라는 거였다. 알면서도 매번 그 순간이 찾아오면 한 번씩은 좌절하게 되는 것만 같다. 지문만 찾아내면, 용의자의 신원만 찾아내면, 그렇게 한 단계씩 이를 악물고 애를 써보지만 늘 새로운 장애물들이 등장하고는 했다.

피고인은 변호사를 선임했고, 변호사는 지문을 채취한 과학수사관과 지문 감정을 한 경찰청 지문감정관을 증인으로 신청했다. 그리하여 나는 지문을 채취한 과학수사관으로 법정 증언에 참석하게 되었다.

증인석에 앉자 변호사는 먼저 매뉴얼에 따라 감식을 했는지부터 확인했다. 이어 지문이 일치할 확률을 다그치듯 물었다. 변호사는 99.9%라는 대답에 0.1%의 아닐 가능성을 타진하고 싶어 했는지 모르지만, 나는 변호사에게 서슴없이 '100퍼센트'라는 답을 던졌다. 0.1%의 여지를 남겨주고 싶지 않아서였다. 그리고 마지막으로 회심의 일격을 날렸다.

"당시에 피해자에게 범인의 인상착의를 물었을 때 저와 체격이 비슷했고, 인상이 닮았다는 말을 했었습니다."

법정에 참석한 사람들이 나와 피고인을 번갈아 보더니 웅성거리기 시작했다. 괜스레 얼굴이 달아올랐다. 정말 내가 피고인과 닮긴 닮은 모양이었다.

그로부터 얼마 후, 경찰청 지문감정관으로부터 연락이 왔다. 피고인이 실형 선고를 받았다는 소식이었다. 그동안 고생 많았다는 말도 덧붙였다.

사건이 마무리되기까지, 약속을 지키기까지 너무 오랜 세월이 걸렸다. 안도감이 밀려들었지만 오랜 시간 가시지 않은 미안한 감정은 그대로였다.

어디선가 차지도 덥지도 않은 애매한 바람이 훅 불어와 내 뺨을 스친다. 바람이 내 마음같이 느껴지는 까닭은 왜일까?

지문감정관과 전화를 끊고 사무실 앞 벤치에 앉아 담배를 물고 무심코 바닥을 내려다보았다. 이름 모를 청록색의 파릇한 새싹이 촘촘한 자갈 사이를 힘겹게 비집고 올라오고 있었다.

착한 어른들이
아이를 키우는 세상이라면

내 딸아이가 두 살쯤 되었을 때 검시조사관으로 일을 시작했다.

그동안 간호사로 병원에서 환자를 돌봐왔던 나는 말 없는 고객, 시신을 이해하는 검시조사관으로 직업을 전환했다. 미국의 수사 시리즈물이 한참 유행한 적이 있었는데, 그때 나도 'CSI 마이애미'라는 드라마를 즐겨봤다. 아마도 그 드라마에서 활약하던 주인공 가운데 한 명의 역할에 반했던 듯싶다.

허구를 바탕으로 한 드라마라고는 하지만 검시조사관인 그 주인공 여성은 너무나 멋졌다. 사건 현장에서는 죽음을 간파하는 전문가였고, 가정에서는 자녀를 사랑으로 키우는 어머니였다. 나는 일과 가정에서 제 일을 척척 해내는 그녀를 닮고 싶었는지도 모른다.

하지만 막상 뛰어든 현실은 너무도 달랐다. 드라마를 보면서는 '멋지다'라고 감탄사를 연발했지만, 검시조사관이란, 현실에서는 '처절하다'라는 적나라한 표현만이 가장 어울리는 단어였다.

나는 밤낮 없이 아이를 집에 두고 현장으로 달려가야 했고, 친정 부모님께 딸을 맡기곤 며칠씩 출장을 다니는 일이 잦았다. 때로는 아래층에 사는 또래 아이 엄마가 딸아이의 저녁을 챙겨주기도 했다.

내가 택한 일은 보람 있고 자랑스러웠지만 늘 딸아이가 그리웠고, 미안했다.

'오늘 야간근무가 끝나면 집에 가서 동화책을 좀 읽어줘야지.'

이렇게 굳게 마음먹고 퇴근해도 피곤한 나머지 낮잠으로 시간을 보내는 일이 허다했고, 그사이 아이는 쑥쑥 커갔다.

사건 현장에서도, 가정에서도 정신없이 보냈던 그 시절, 단 하나 후회가 있다면 한창 말을 배우던 시기의 아이에게 사랑을 더 쏟지 못했다는 것이다.

그런데 아이는 벌써 대학생이 되었고, 내 후회가 무색하게도 잘 자라주었다. 이제는 내 키보다 훌쩍 커버린 딸을 볼 때마다 형언할 수 없는 울컥한 감정을 느낀다. 돌아보니 내가 바삐 일하는 동안 하나님이, 친정엄마가, 아이 유치원 선생님이 그리고 동네 이웃들이 내 딸이 안전하게 자랄 수 있도록 도운 것이었다.

이렇게 감사할 수가! 내가 지금 무엇을 불평할 수 있으랴.

하지만 모두가 이렇게 친절하고 안전한 환경을 누릴 수 있는 것은 아니라는 걸 가슴 아프게 느끼는 순간이 오기도 한다.

◇ ◇ ◇

2015년 어느 봄날이었다.

오랜만에 가족들과 점심 외식을 하기로 한 주말, 과학수사팀의 전화를 받았다. 15개월 아이의 사망 사건이 발생했는데 검시가 필요하다는 요청이었다.

전화벨이 울릴 때부터 외식은 이미 물 건너갔다는 걸 직감했다. 다급하게 아이가 실려간 응급실로 찾아갔다.

과학수사팀은 아직 현장에서 조사 중이었고, 강력팀 형사 두 명이 병원에 도착해 상황을 파악하고 있었다. 소생실 안쪽에서는 의료진들이 분주하게 움직이는데 몹시 긴박해 보였다. 심폐소생술이 쉴 새 없이 이루어지고 있었고, 리듬감 없이 이어지는 알람 소리가 계속 들려왔다.

응급실 맞은편 의자에는 아직 앳된 여자가 큰 소리로 서럽게 울며 앉아 있었다.

'아이 엄마인가?'

그녀를 주의 깊게 보는 사이, 무거운 표정으로 소생실에서 나온 의사가 복도에서 서성이는 모두에게 들으라는 듯 사망 선고를 내렸다.

덧붙여 이미 'DOA(Dead on Arrival, 도착 전 사망)' 상태여서 더 이상 소생술이 의미 없었다는 것까지 설명해주었다. 그러자 조금 전까지 펑펑 울던 여자는 의사 팔을 다급히 잡으며 정색하고 말했다.

그럴 리가 없어요. 제발 살려주세요!

엄마라면 그렇게 말했어야 했다. 하지만 그녀는 달랐다.

"제 딸은 왜 죽었나요?"

그녀는 분명 그렇게 물었다. 예상외의 반응이었다. 흠칫 놀란 내가 그녀를 더 눈여겨 관찰했다.

아이 엄마는 엄마라기엔 아직 너무 어려 보였다. 흰 티셔츠 가슴팍에 묽은 혈액이 조금 묻어 있고, 큰 소리로 통곡하듯 울었던 것에 비하면 눈이 그다지 부어 있거나 충혈되어 있지 않았다.

검은색 매니큐어가 칠해진 열 개의 반짝이는 손톱이 유난히 눈에 띄었다. 눈에 띄는 정도가 아니라 거슬렸다고 해야 할까?

뒤에서 수녀님 한 분이 그녀의 어깨를 감싸 안았고, 그러자 그녀는 다시 울음을 터트렸다.

나는 소생실로 들어가 죽은 아이를 살피기 시작했다.

기도삽관도, 수액처치도 시행하지 못한 채 흉부압박술만 계속되었던 것 같았다. 반 스타킹 양말은 마저 벗기지도 못한 채 원피스만 탈의된 상태였다.

아이 얼굴에는 일혈점❶이 지나치게 많았는데 눈꺼풀 안쪽 점막에서도 울혈❷과 일혈점이 다수 관찰되었다. 인중과 턱 부근에 압박성 피부 까짐이 눈에 띄었고, 혈액이 섞인 타액도 입가에 조금 묻어 있었다.

　직장체온을 측정해보니 33.5도, 정상체온이 약 36.5도에서 37도라고 가정했을 때 사망 시각은 병원에 이송된 시간보다 훨씬 이전이다.

　그런데 너무 이상한 것 아닌가?

　고개가 저절로 갸웃거려졌다. 아이를 사랑하는 엄마라고 하기에는 그녀의 행동이 왠지 미심쩍었던 것이다.

　사망 선고 순간 의사에게 죽음의 원인을 묻는 아이 엄마

　엄마의 티셔츠에 묻은 묽은 혈흔

　응급실 도착 전 이미 죽어 있었다는 의사의 소견과 낮은 직장체온

　아이의 눈꺼풀과 얼굴에 지나치게 많이 형성된 일혈점과 울혈

　압박될 때 생길 수 있는 아이의 입 주변에 보이는 피부 까짐까지

　하지만 흔히 타살의 징후에서 드러나는 방어흔[3]이 보이지 않았다.

　15개월짜리 아이의 저항은 하찮았겠지. 그래…… 이건 타살이다!

　사인을 비구폐색성질식사[4]로 가정하고 현장 과학수사팀

에게 전화해 상황을 전했다. 면밀한 현장 조사가 필요하다는 걸 강조했다.

소생실을 나오니 형사가 아이 엄마를 진정시키며 대화를 시도하고 있었다. 나는 그에게 조용히 면담을 요청했다.

응급실 밖으로 자리를 옮긴 뒤 형사에게 타살 의혹이 있다는 견해를 밝혔다. 조심스럽게 아이 엄마를 더 조사하기를 바란다는 의견도 함께 전했다.

형사가 당혹스런 표정으로 설마요, 한다. 그 역시 믿고 싶지 않았을 것이다. 엄마가 어린 딸에게 차마 하지 말아야 했을 일을 저질렀다는 사실을.

이어 그가 조심스럽게 몇 가지 정황들을 풀어놓았다.

아이 엄마는 아이가 갑자기 숨을 쉬지 않는다며 119에 신고했고, 다급하게 아이를 안고 뛰어나와 도착한 119구급차를 타고 병원으로 왔다.

아이 엄마는 현재 만 18세로, 고등학교 재학 중에 출산을 했는데, 수녀님들이 관리하는 미혼모 숙소에서 생활하고 있다는 것이다. 자주 연락하는 가족은 따로 없다고 했다.

아이 엄마와 눈이 마주쳤을 때 나는 그녀를 잠깐, 아주 잠깐 싸늘하게 노려보았다. 그 순간의 나는 전문적인 직업으로 무장한 사람이 아니었다. 엄마의 마음, 미처 그 감정을 숨기지 못했다.

다음 날, 부검의는 사인을 비구폐색성질식사로 추정했다.

부검을 참관하고 돌아와 여러 자료를 공유하다가 용의자가 된 아이 엄마의 휴대전화 속 사진들을 보게 되었다.

아이 손을 맞잡은 엄마 손이 확대된 사진에서 이상한 걸 감지했다.

"어, 잠시만요. 이 사진 언제 찍은 거죠?"

119에 신고된 시간보다 약 20분 전, 미혼모 숙소 이불 위에서 찍은 사진이었다.

검은색 네일아트를 한 엄마의 손이 아이의 손을 잡고 있다. 그런데 아이의 손톱이 보라색을 띠는 것이다.

"형사님, 아이는 119에 신고되기 훨씬 이전에 사망한 상태였을 것 같아요. 아이의 손톱에서 청색증❶이 보여요."

이미 죽은 아이의 손을 잡고 자신의 반짝이는 손톱이 잘 보이게 클로즈업해서 사진을 찍었다고?

그리고 나서 절박하게 119에 신고를 했고, 입과 코에서 피를 흘리는 아이를 품에 안아 다급하게 병원에 와서는 서럽게 울었다고? 엄마라는 사람이? 그게 연기였다고?

처음엔 도무지 믿기지 않았다. 그렇지만 명확한 증거를 노려보자 서서히 분노가 머리 꼭대기까지 치밀어 올랐다. 격한 감정을 어찌해야 할지 몰랐다.

내 딸아이가 겹쳐보이자 분노는 이내 죽은 아이에 대한 슬픔으로 바뀌어 가고 있었다.

"불쌍해서 어쩌니! 아이야, 너를……."

며칠 뒤, 그녀는 체포되었다. 아이 엄마는 순순히 자신의 딸을, 자신의 손으로 죽였다는 걸 시인했다. 고등학교 시절 사귀던 남자친구도, 그 부모도, 그 누구도 자신과 딸을 도와주지 않았다며, 창창한 자기 앞날에 딸이 방해될 거라는 생각에 갑자기 짜증이 났다고 진술했다.

피의자는 3년 6개월 형을 받았다.

◇ ◇ ◇

요즘도 종종 9년 전 그 사건을 떠올린다. 여전히 제 방 하나 제대로 정리 못 하고, 툭하면 반찬 투정하는 19살 딸아이를 볼 때마다, 18살 어린 엄마가 떠올랐다.

그렇구나, 어렸구나, 혼자서 아이를 낳고 키우려니 얼마나 힘들었을까! 왜 그렇게 될 때까지 도움을 준 가족도, 어른도 없었을까?

조금만 더 주변의 온정이 있었다면, 그 어린 엄마도 자식을 죽이지는 않았을 텐데. 그러면 그 아이도 여전히 살아있었을 텐데…….

어린 피의자는 도움이 필요했던 거다. 내가 꿈을 이루기 위해 바삐 지내는 동안 내 주변의 착한 어른들이 내 아이를 돌봐주었듯이.

다시 한번 기도를 하듯 말해본다.

이렇게 감사할 수가! 내가 지금 무엇을 불평할 수 있으랴.

나는 곧 두 달간 병가에 들어간다. 얼마 전 갑상선암이라는 판정을 받았다.

"그동안 너무 열심히 일했어. 갑상선암은 그나마 착한 암이래."

주변 동료들의 위로에도 수술을 앞두고 나니 두려운 마음이 드는 건 어쩔 수 없다. 하지만 내가 열심히 일했던 영광의 상처라 생각하기로 한다.

나는 씩씩한 엄마니까 그리고 억울한 죽음을 밝혀주는 멋진 검시조사관이니까.

두 달 뒤 건강을 회복해 돌아오면 더 열심히 일하고 싶다. 억울함을 풀어주길 원하는 말 없는 고객들과 나를 의지하는 내 후배들에게, 경찰을 꿈꾸는 내 딸에게, 선한 어른으로서 도움을 주다가 멋지게 퇴장하고 싶다.

그리고 소망한다.

세상의 모든 엄마들과 아이들이 착한 어른들 틈에서 무사히 살아가기를.

❶ 모세혈관의 출혈로 인해 피부에 나타나는 점 모양의 얼룩
❷ 혈액 순환의 정체 등으로 인해 정맥에 혈액이 고이는 현상
❸ 피해자가 상대방의 공격을 막으려한 흔적
❹ 코와 입의 기계적 막힘으로 산소 교환의 장애가 발생하여 사망
❺ 체내 산소가 줄고 이산화탄소가 증가해 푸르게 보이는 현상

진실에 다가갈 때는
살얼음판 건너듯이

성범죄 피해자와 피의자.

하나의 진실에 대한 두 개의 상반된 이야기.

나는 그들의 목소리를 모두 듣는 경찰관이다.

오늘 나는 성범죄 피해자를 마주했다. 언제나처럼 그들이 내뱉는 목소리는 때로는 불안하게 떨리고, 때로는 담담해보이지만, 그 내용을 구체적으로 듣다 보면 몸과 마음에 얼마나 깊은 상처들이 나 있는지 알게 된다.

그들의 처절한 이야기를 듣고 난 다음엔, 혐의를 부인하는 피의자의 말과 비교하며 진실을 찾아내는 과정을 밟아야 한다. 매번 겪어도 이 과정은 익숙해지지 않고 정말이지 어려운 일이다.

CCTV, DNA와 같은 객관적 증거는 없다. 오직 피해자, 피의자 두 사람이 하는 말만 두고 판단해야 한다. 이 역할은 마치 늪과 같아서 종종 나를 깊은 고뇌와 혼란으로 빠뜨린다.

피해자들을 만나 얘기를 듣다 보면 물에 젖어 드는 것처럼 그들의 마음속 상처를 고스란히 느끼게 된다. 제삼자도 이러할진대, 피해자들은 오죽할까. 그들은 아무리 시간이 지나도 그때의 충격을 잊지 못한 채, 두려움과 아픔을 안고 살아간다.

시간이 지나면 괜찮아질 거라 기대했을지 모른다. 그러나 시간이 흐른다고 해서 그들의 상처가 쉬 아물거나 아예 없던 일처럼 잊히지는 않는다. 어떤 피해자는 눈물로 말을 시작하지만, 차츰 힘을 내어 목소리에 단단한 의지를 새기고, 마침내 상처 위에 새로운 이야기를 덧입힌다.

그렇게 조금씩 극복하기 위해 얼마나 처절한 노력을 기울였을까. 진술을 들을 때마다 나는 그들이 얼마나 용기 있는 사람들인지 깨닫는다.

◇◇◇

일 년 전 이맘때쯤, 한 피해자를 만났다. 이제 막 스무 살
된 평범한 여성이었다. 그녀는 초등학교 시절, 마을 이장에
게 두 번이나 원하지 않는 성적 접촉을 당했다고 했다. 그
날의 충격은 그때로부터 십 년이 지난 지금도 그녀의 삶을
옥죄고 있었다.

바라는 것 없이 남들처럼 평범하게 살고자 했으나 그것
조차 먼 꿈이 되고 말았다. 그녀가 당시의 끔찍한 경험을
떠올리며 진술하는 순간 나는 그녀의 고통이 여전히 현재
진행형임을 절감했다. 그녀가 원치 않는 키스를 당했다고
말할 때, 그녀는 마치 그 순간을 재경험하는 듯 입안의 침
을 모아 휴지에 뱉었다.

진술이 이어지는 그 시간 동안, 그녀는 다시 그 고통스러
운 당시로 돌아가 있었다.

그녀는 자신이 경험한 일을 너무도 상세히 설명했다. 눈
에는 두려움과 고통이 서려 있었다. 얘기를 듣는 내내 마음
깊은 곳에서 무거운 돌들이 켜켜이 쌓이는 것처럼 답답한
심정이었다. 너무도 아팠고, 눈 앞에 펼쳐진 그 장면들이

사실이 아니길 빌었다. 그녀의 말이 진실이라면, 마땅히 보호받아야만 한다.

그녀와의 인터뷰가 끝난 뒤, 나는 비로소 참아냈던 깊은 숨을 몰아쉬었다. 내 임무는 진실을 찾아내는 것이지만, 그 진실의 무게는 늘 버거웠다. 피해자의 절절한 고백이 마치 그 자체로 진실처럼 다가오더라도 동시에 나는 의문을 가질 수밖에 없다.

'지금 들은 게 전부일까?'

'숨겨진 무언가는 없는 걸까?'

'다른 의도로 없었던 내용을 말하거나, 과장하는 것은 아닐까?'

이 잔인한 의심은 인간적인 연민을 거스르지만, 진실을 찾는 과정에서는 필수적인 도구였다. 내 임무는 피해자를 위로하는 것이 아니라, 진실을 파헤치는 것이기 때문이다. 그래서 그들의 절절한 고백을 들으면서도 그것을 계속 의심하고 검토해야 한다. 그 진실이 어떤 모습이든, 나는 진실의 무게를 견뎌야 한다. 그리고 오늘, 피의자를 마주했다.

그는 떨리는 목소리로, 자신은 결백하다고 주장하며 격정을 토해낸다.

그 또한 상처가 적지 않아 보인다. 피해자가 고통을 토해 낼 때와 마찬가지로, 그들의 말 역시 진실일 때가 있다.

◇ ◇ ◇

마찬가지로 일 년 전쯤, 한 피의자를 만났다. 그는 호감을 느끼던 여성과 자주 연락을 주고받았고, 자연스럽게 여러 번 만남으로 이어졌으며, 스킨십도 시도했다고 했다. 그에게는 그 모든것이 상호적인 호감에서 비롯된 행동이라고 여겨졌지만, 어느 순간 그녀는 돌변했다. 입장을 바꾸고 고소를 했는데, 이유를 이해하지 못하고 있었다.

그의 눈에는 억울한 감정이 서려 있었다. 갑작스레 닥쳐온 상황에 대한 두려움이 묻어났다. 혹여 유죄 판결을 받게 될지 모른다는 생각에 그를 휘감은 불안은 한층 깊어 보였다. 그의 두려움 또한 진실로 다가오지만, 나의 잔인한 의심은 그 순간에도 멈추지 않는다.

마주 앉아 있는 두 사람의 이야기가 엇갈릴 때, 진실을 밝혀내는 일은 마치 얇은 얼음 위를 걷는 것과 같다. 그들의 얘기는 나에게로 모이고, 나는 그 목소리를 신중하게 들어야만 한다.

때로는 그 과정이 나를 외롭게 만든다. 내 고민의 결과는 진실의 무게 추를 움직이고, 나의 평가 결과는 한 사람의 삶을 좌우할 수 있다. 그렇기에 그 어느 때보다도 조심스럽게 발걸음을 내딛는다.

얼음이 얇아질수록 그 밑으로 빠져들 것 같은 공포는 더욱 커지지만, 나는 그 길을 벗어날 수 없다는 것을 알고 있다. 진실을 찾기 위해서는 황량한 바람을 맞으며 그 얼음 위를 홀로 걸어야만 한다. 차가운 바람이 얼굴을 스칠 때마다, 나는 이 길이 얼마나 고독하고 외로운지를 깨닫는다. 그러나 누구도 대신해 가줄 수 없는 길이다.

때로는 얼음의 금이 가기 시작하고, 나는 발밑의 균열이 생기는 소리에 귀를 기울인다. 내가 내리는 판단이 옳은지, 그 길의 끝에 기다리는 진실이 무엇인지 확신할 수 없을 때가 많다. 그러나 이 길을 가지 않으면 진실에 도달할 수 없기에, 나는 멈출 수가 없다.

내가 내린 결정이 법정에서 판결로 이어질 때, 그제야 나는 그 살얼음 위를 무사히 건넜다는 안도감을 느낀다. 비로소 긴장이 풀리고, 내가 걸어왔던 길이 진실의 길이었다고 스스로를 위로하면서 잠시 숨을 고른다.

그러나 곧바로 또 다른 진실의 무게가 나를 기다리고 있다. 그 무게는 결코 가볍지 않다. 내가 걷는 이 길은 언제나 고독하고, 그 진실의 무게는 언제나 무겁다.

찾아드립니다,
당신의 오래된 이야기

"성함과 주민등록번호를 알려주세요."

"잘…… 모르겠어요."

태어나면서부터 갖게 되고 세상을 살아가면서 가장 기본이 되는 개인정보. 이걸 모른다니 말이 안 되는 얘기라고 생각할 것이다. 자신의 이름조차 모르는 일만큼 황당한 일이 어디 있으랴.

우리는 은행부터 시작해 복지센터까지 어디를 가든 가장 먼저 '나'가 누구인지 증명해 내야 한다. 그것부터 증명할 길이 없다면 대한민국에서 '나'는 유령이나 마찬가지다.

2000년의 어느 날, 나는 주민등록번호도, 자신의 이름도 모르는 많은 이들이 자신을 잃어버린 채 유령처럼 정처 없이 거리를 떠돈다는 이야기를 듣게 되었다.

상상해본다.

'내 이름을 모른다면? 일을 마치고 돌아갈 집이 어디인지 모른다면? 그리고 내 가족이 누구인지, 혹은 살아있는지조차 모른다면 우리는 어떻게 되는 걸까?'

나 자신에 대한 정체성이 흔들리는 건 물론이고 좌절 속에서 살아갈 힘조차 잃어버리게 될지 모른다. 내가 나를 잃어버리는 것이 이렇게나 끔찍한 현실이 될 수도 있다고 생각하니, 이보다 더 비극적인 절망도 없을 것만 같았다.

수많은 생각 끝에 내린 결론은, 내가 잘할 수 있는 방식으로 그들을 도와주자는 것이었다. 이 일은 그런 절박한 심정을 가지고 시작하게 되었다. '잃어버린 당신을 찾아주는 일'을 말이다.

◇ ◇ ◇

2017년 8월 12일은 나와 김영순(가명) 씨에게 잊을 수 없는 날이다. 인천의 한 노숙인 재활 시설에 거주하던 김영순 씨는 내가 그곳에 방문해 명확한 신원을 확인하기 이전까지는 '김순애'라는 이름으로 살아가고 있었다. 그녀는 자신이 어떻게 '김순애'가 된 채로 살아가는지 전혀 기억하지 못했다.

그녀의 지문을 채취하고 경찰 전산망을 통해 김영순 씨가 2011년 1월 31일 자로 거주 불명과 이중등록자❶로 처리되어 있다는 걸 알아냈다. 호적을 추적한 끝에 마침내 그녀의 가족을 찾아냈고, 영순 씨와 가족들은 무려 35년 만에 극적으로 상봉할 수 있었다.

가족들은 모두 김영순 씨가 사망하였을 것이라 짐작했고, 매년 그녀를 위해 제사까지 지냈다고 했다. 영순 씨의 어머니는 눈을 감을 때까지도 딸을 못 잊고 그리워했다는 말을 들었다. 그 얘기를 들으면서 좀 더 빨리 찾아주지 못했다는 안타까운 마음과 지금이라도 찾게 되어 다행이라는 안도감이 동시에 밀려들었다. 가족의 품으로 돌아간 영순 씨는 지금도 명절이 다가올 때마다 밝은 음성으로 인사를 전해온다.

영순 씨처럼 이렇게 이중등록자로 등록되어 있던 사람은

생각보다 많았다. 2017년, 십지지문[2]을 채취했던 54세의 이정현(가명) 씨도 지문 검색 결과 이중등록자로 등록되어 있었다.

호적을 따라 그의 혈연인 이정신(가명) 씨를 찾아내어 정현 씨와 만날 수 있도록 자리를 만들어주었다. 하지만 정신 씨는 35년 전에 헤어져 서로가 가족임을 알아볼 수 없다고 진술했다.

잠시 실망하기도 했으나, 또 다른 방법을 동원해보기로 했다. 그건 '구강상피세포[3] 유전자채취'였다. 이 과정을 거쳐 나는 그들이 형제 관계임을 밝혀낼 수 있었다. 젊은 시절에 헤어졌던 그들이 얼굴의 생김새만으로는 서로가 형제임을 알아보지 못했던 상황이었다. 35년이라는 긴 시간은 아무리 혈육이라도 상대에 대한 기억을 속절없이 사라지게 만든다. 동시에 신체적으로도 많은 변화를 겪게 해 알아볼 수도 없을 만큼 변모시킨다. 그러나 아무리 시간이 지나도 변하지 않는 유전자 감식을 통해 엇갈릴 수도 있었던 가족 상봉을 이루어낼 수 있었다.

2017년을 기준으로 74세였던 백영준(가명) 씨도 잊을 수 없는 사람 중 한 명이다. 재활 시설에 방문하여 영준 씨의 지문과 유전자를 채취해 그의 이전 행적을 좇아보았다.

그는 자신에 대한 어떠한 정보도 기억하지 못했지만, 어쩐지 육군 시절 군번만은 외우고 있었는데, 그게 해결의 실마리가 되었다. 군의문사진상규명위원회의 협조를 얻어 그의 군번을 확인해볼 수 있었다. 거기서 그가 1983년 2월 2일 자로 군무이탈 사망자로 제적되었다는 사실을 알게 되었다.

여기저기 파편처럼 흩어져 있던 그의 정체성을 조립하여 드디어 백세영(가명)이라는 이름과 함께 그에 대한 자세한 정보를 찾아낼 수 있었다. 그리고 백세영 씨는 34년 만에 여동생을 만나 얼싸안고 기쁨의 눈물을 흘릴 수 있었다.

◇◇◇

사람의 손이란 참으로 신비하다. 지문을 채취하기 위해 잡았던 그의 손가락은 처음엔 힘없이 이끄는 대로만 움직였고, 어떤 의지도 갖지 못했다. 그저 나의 손길에 따라 수동적으로 움직일 뿐이었다. 그렇지만 시간이 흘러 자신이

시간이 흘러 자신이 누구인지, 가족에게 어떤 의미인지를
깨닫게 된 그들의 손은 활기차게 스스로 움직이고 있었다.

누구인지, 가족에게 어떤 의미인지를 깨닫게 된 그들의 손은 활기차게 스스로 움직이고 있었다.

내 손을 잡고 따스한 온기를 전해주기도 하고, 자신의 손으로 몇 시간 동안이나 공들여 만든 향기로운 향초를 건네주기도 한다. 사람은 보통 상대를 마주할 때 얼굴을 가장 먼저 본다고 한다. 그러나 나는 사람을 바라볼 때 습관적으로 손부터 바라보게 된다.

어느 하나 똑같지 않은, 각자의 인생이 그려진 손 안의 지문은 그 사람의 세상이나 다름없다. 그리고 나는 그 신비로운 손을 통해 신원 회복을 도와주고 그들이 잃어버린 가족 그리고 그들 자신을 찾을 수 있도록 최선을 다하는 중이다. 그 결과, 지금까지 1000명 넘는 이들의 지문을 채취하였고, 100명 넘는 이들이 자신의 이름을 다시 찾을 수 있도록 해주었다.

경찰을 떠올리면 대부분 항상 뒤쫓는 사람으로만 생각한다. 그렇지만 경찰은 범인의 뒤를 쫓기만 하는 사람이 아니라 앞에서 넓은 품으로 안아주는 사람이기도 하다. 이것이 나의 과학수사 인생에서 얻은 소중한 교훈이며, 절대 흔들릴 수 없는 신념이다.

누군가 나의 직업을 물어보면, 나는 언제나 자랑스럽게 '과학수사' 네 글자를 말한다. 과학수사가 아닌 인생을 생각해본 적이 없다. 그러나 언젠가는 과학수사의 길을 마치고 인생의 2막을 시작해야 한다. 과학수사관으로서의 삶을 마무리한다고 하더라도 내가 지문을 채취하고 수많은 방법을 통해 이름을 찾아준 사람들을 잊을 수 없을 것이다. 내 손으로 국민의 정체성을 확립시켜주는 과학수사, 내 일이 참 자랑스럽고 사랑스럽다.

❶ 동일한 사람에 대하여 여러 개의 가족관계등록부가 작성되어 있는 상황
❷ 양손 열 손가락에 있는 지문을 의미
❸ 입안의 점막을 덮고 있는 세포층

처음 얻은 이름으로
출생신고 아닌 사망신고를

변사자를 마주하는 검시 업무를 하다 보면, 가슴 아픈 사연을 듣는 때가 많다. 그럴 때면 슬픔과 분노로 마음이 와르르 무너지기도 한다. 그중에서도 부모의 손에 생을 마감하는 아동 변사사건은 그 어떤 사건보다 평정심을 유지하기가 힘들다.

때는 2021년 1월 15일, 가슴이 무너지고 분노로 차올랐던, 유난히도 차고 시린 겨울날이었다.

고즈넉한 오후, 요란한 전화벨 소리가 사무실의 정적을 깨웠다.

"박 검시조사관……."

전화기 너머로 평소와 달리 무거운 목소리가 들려왔다. 나는 곧바로 심상치 않은 사건이라는 것을 알아차렸다.

간단히 내용을 전달받고 현장에 도착했을 땐 이미 많은 이들로 북적이는 상태였다.

고개를 절레절레 흔드는 사람, 이마를 짚고 어딘가로 급히 전화하는 사람, 뒷짐을 지고 바닥만 멍하게 응시하는 사람, 땅이 꺼져라 한숨 쉬는 사람…….

그들에게서 나오는 암울한 기운으로 공기가 한층 더 무겁게 느껴졌다.

아직 현장을 보지 않았기에 장비를 착용하는 내내 사건이 얼마나 심각한지, 내가 중점으로 무엇을 봐야 하는지 머릿속이 복잡해지기 시작했다.

'놓치는 것이 없어야 해, 침착하자.'

심호흡을 크게 한 뒤 무겁게 깔린 서늘한 공기를 가로질러 사건 현장으로 걸음을 옮겼다.

방에 들어서자마자 눈에 들어온 것은 가득 들어찬 분홍색 물건들이었다. 분홍색 가구들과 인형, 장난감……. 그런 것과 도무지 어울리지 않는 검붉은 혈흔들 그리고 침대 위에 누워있는 어린아이가 보였다.

가까이 다가가 보니 아이의 몸은 이미 온기가 전혀 없었고, 죽음의 색으로 물든 지 벌써 오래되어 보였다.

'대체 왜 이런 짓을!'

집에 들어오면서도 확인이 안 돼서 이상하다 싶었는데, 다시 둘러봐도 아이를 보호해야 할 부모가 보이지 않았다. 그도 그럴 것이 친모라는 사람이 직접 딸의 목숨을 앗아갔다고 했다.

아이 엄마는 아이를 일주일이나 방치해 사망에 이르게 해놓고는 오늘 자살 시도가 미수에 그치자 직접 119에 신고하여 병원으로 이송된 상태였다. 살인과 자살 시도, 현장은 두 가지 상황으로 뒤섞여 있었다. 그런 만큼 여러 가능성을 염두에 두고 현장 조사를 시작해야 했다.

우선 방바닥 곳곳에 보이는 저 혈흔의 출처를 알아야 한다. 아이에게 다가가 열린 상처가 있는지를 꼼꼼히 살펴보았지만 출혈이 있을 만한 상처는 관찰되지 않는다.

도구를 사용한 아동 살해만큼 잔인한 것이 없기에 한편으로 다행이라는 생각이 들었다. 그렇다면 이 혈흔은 친모의 것일 가능성이 높았다. 묻힌혈흔❶과 낙하혈흔❷들은 싱크대와 화장실 문 사이에서 발견되었고, 화장실 안쪽 세면대 아래에서 비산된 혈흔이 발견됐다.

'이곳인가……'

혈액이 흡수된 수건들, 검게 그을린 옷가지와 이불, 토치가 놓여 있는 것으로 보아 친모는 이곳에서 자해 및 방화를 시도했던 것으로 추정되었다.

현장을 보며 머릿속에서 칼과 혈흔, 타다 만 옷가지와 이불을 지우고 나니 남은 것은 쓸쓸하게 누워있는 아이와 그 아이의 흔적들이었다. 가구마다 아이 눈높이에 맞춰 붙여진 수십 개의 알록달록한 스티커, 아이가 즐겨 마신 요구르트, 글씨 연습을 한 흔적들, 방안 구석구석 아이의 손길이 닿지 않은 곳이 없었다.

아이에 대한 적개심이 높을수록 아이의 흔적이 없기 마련인데 이번 사건은 그렇지 않은 것이 이상했다. 아동의 경우 심한 신체적 학대로 인해 사망하는 경우가 많지만 학대의 흔적 또한 발견되지 않았다. 그렇다면 음독 또는 비구폐색성질식사일 가능성이 높았다

어린아이들을 검시할 때는 이상한 감정들에 휩싸이곤 한

다. 마치 금방이라도 일어날 것처럼 곤히 자고 있는 것만 같은데, 어떠한 자극을 주어도 눈을 뜨지 못한다. 핀셋을 들고 눈꺼풀을 조사할 때면 혹여나 아프게 한 것 같아 미안한 감정에 휩싸이곤 한다. 하지만 딱 거기까지만이다. 나는 검시조사관으로서 감정에 휘둘리지 않고 냉철하고 객관적인 눈으로 사건을 헤쳐나가야 한다. 이것이 나의 사명이다.

아이를 검시할 때일수록 감정을 추스르고 더욱 집중해야 했다. 음독이나 비구폐색성질식사의 경우 외표에서 관찰되는 뚜렷한 현상들이 없을 수 있었다. 또 이 아이는 사망한 지 오래된 상태였다. 즉, 많은 현상들이 사라졌을 가능성이 높다는 것이다.

검시를 시작할 때 다행히도 추가정보를 들을 수 있었다.

"친엄마가 아이 몸 위로 올라타 수건으로 코랑 입을 막아 죽였다고 하네요."

사망 시간이 오래된 경우 수건에 의한 피부 눌림 자국은 관찰되지 않을 수 있으나 저항하는 과정에서 마찰된 피부가 손상될 수 있고, 그 부분이 건조된다면 더욱 눈에 잘 띄게 된다.

나는 불빛을 비춰가며 얼굴을 자세히 살펴보았다. 특히

콧망울, 인중 부위, 입술의 손상 유무를 확인했다. 아쉽게도 부패가 진행되어 특이점을 구분하는 데 어려움이 있었다.

그렇다면 다음으로 자세히 봐야 할 곳은 입안 점막이다. 치아가 없는 영아나 노인의 경우 압박이 가해져도 입안 손상이 동반되지 않을 수 있으나, 치아가 형성된 나이에서는 치아와 입안 점막이 서로 마찰되어 손상을 일으킬 수 있기 때문이다. 하지만 입안 점막에서도 눈에 띄는 상처흔은 발견되지 않았다.

'저항하지 않은 건가? 아니면 저항조차 할 수 없던 상태였을까?'

전신을 꼼꼼히 살펴보아도 의심될 만한 상처들은 발견하지 못했다. 집 안에서 수면유도제 약물이 발견되었으니 혹여나 음료에 약을 섞어 재운 것은 아닐까 하는 의구심도 들었다.

구석구석 몸을 검시하는 중에 또 다른 정보가 도착했다.

"아이가…… 출생신고가 안 되어 있어요."

"네?"

현장에 있던 모든 사람이 일제히 고개를 들어 하던 일을 멈췄다. 나는 도통 무슨 말인지 이해할 수 없었다. 이렇게 큰 아이가 아직까지 출생신고가 안 되어 있다니……. 내가 잘못 들었나 싶어 반문하고 말았다. 도저히 받아들이기 어려운 내용이었다.

이 아이는 대체 어떤 삶을 살아온 걸까?

◇◇◇

아이는 법적으로 올해 학교에 입학했어야 했다. 처음으로 가장 많은 또래를 만나는 학교. 친구를 사귀고, 해맑게 웃으며 추억을 쌓아야 했을 아이에게 그런 기회는 사치였을까? 바깥세상과 격리된 채 오롯이 작은 새장 안에서 8년의 삶을 살았던 아이에게 바로 이곳만이 자신의 세상이었을 것이다.

아기자기한 장난감, 다채로운 스티커, 귀여운 인형들이 자신의 유일한 친구들이었고, 믿고 의지할 사람은 엄마 아빠뿐이었을 것이다. 아이의 전부였던 엄마는 어느 순간 금수가 되어 아이의 목숨을 앗아갔고, 결국 아이의 세상은 붕괴되었다.

현장에 있던 사람들은 차가운 침묵 속에서 묵묵히 현장

조사에 집중했다.

범행에 쓰인 수건을 찾기 위해 구석구석을 살펴보았고, 곳곳에 쌓인 쓰레기봉투를 모두 열어 하나씩 내용물을 확인했다. 과자봉지, 휴지, 옷, 수건들이 빽빽이 들어찬 봉투 안에서 구겨진 종이 뭉치가 눈에 띄었다. 그 종이는 다름 아닌 8살 아이가 남긴 편지였다.

비뚤배뚤한 글씨가 적힌 종이에는 아이가 좋아하는 분홍색 색연필로 '엄마 사랑해요. 아프지 마세요'라는 짧은 문장이 적혀 있었고 빈 여백은 수없이 많은 하트들로 가득 채워져 있었다.

고사리 같은 작은 손으로 쓴 아이의 편지. 짧고 순수한 글엔 엄마를 향한 깊은 사랑과 염려가 담겨 있었다. 아이는 엄마가 힘들어하고 아프다는 것을 알았고, 그 작은 마음으로 어떻게든 엄마를 위로하고 싶었을 것이다. 하지만 그 사랑은 끝끝내 전해지지 못했다. 세상의 전부였던 사람에게, 가장 믿고 의지하던 엄마에게 아이는 결국 목숨을 빼앗겼다.

편지 내용을 확인한 우리는 먹먹함을 넘어 분노에 휩싸였다. 그리고 모두가 마음속으로 아이를 위해 울고 있었다.

아이는 출생신고가 되어 있지 않아 시체검안서에 결국 '무명녀'로 기재되었다.

추후에 알게 된 사실은 검찰이 아이의 이름을 찾아주기 위해 친모를 설득했고, 이를 수락하면서 출생신고가 진행되었다는 것이다. 비로소 아이의 이름이 세상에 새겨진 순간이었다.

처음으로 공식적인 이름을 얻게 된 기쁨도 잠시, 그 이름이 불려지기도 전에 곧바로 사망신고가 이루어졌다.

출생신고와 사망신고가 한날에 이루어진 이 사실이야말로 아이에게 또 다른 비극이 아닐 수 없었다.

이 사건은 단지 한 아이의 비극이 아닌, 여전히 유령처럼 사라져간 많은 아이들을 대신한 경고처럼 느껴진다. 지금도 출생신고가 되지 않은 아이들이 세상의 보호를 받지 못한 채 사라지는 사건이 종종 발생하고 있다.

다행히 '출생통보제'가 국회를 통과하면서 2024년 7월 19일부터 의료기관이 모든 아동의 출생 정보를 지자체에 자동으로 통보하게 되었고, 이를 통해 아이들은 태어난 순간부터 법적으로 보호받고 사회적 안전망 안에서 자랄 수 있게 된다. 하지만 이 제도는 병원에서 출생한 아이에 한해서만 적용될 뿐이다.

'병원 밖 출산'을 선택한 경우엔 법 테두리에서 벗어나 있어 여전히 보호받지 못하는 아이가 생길 수 있다. 아직 미흡한 제도의 한계를 빨리 벗어나야 한다. 세상 모든 아이들이 법적 보호를 받으며 기본적인 권리를 누릴 수 있는 좀 더 완벽한 제도가 시급히 마련되어야 할 것으로 보인다.

사건을 마무리하던 그날 밤, 또다시 적막을 깨는 전화벨 소리가 울려 퍼졌다. 아이의 친부가 죄책감을 이기지 못해 스스로 생을 마감했다는 내용이었다.

친부는 비록 집을 나온 상태였으나 아이를 향한 사랑은 지극했던 것으로 보인다. 일을 하느라 고된 생활 속에서도 딸만 보면 힘이 났을 친부는 딸의 출생신고를 위해 매일 친모를 설득했다고 한다. 딸이 살해당한 것을 몰랐던 친부는 친모에게 아이를 만나게 해달라고 지속적으로 요청했다고도 한다. 그러나 친모는 그때마다 친척 집에 보냈다는 등의 거짓말을 하며 아이의 죽음을 숨겨왔다.

결국 이상한 낌새를 느낀 친부가 집으로 찾아오던 그날, 압박감을 이기지 못한 친모의 자살소동으로 이 사건은 세상 밖으로 드러나게 된 것이다. 아이의 사망 사건과 관련해 참고인 조사를 받고 귀가한 친부는 '딸을 지켜주지 못해 미안하다'라는 유서를 남기고 먼저 간 아이를 찾아 세상을 떠나버렸다.

한 사람의 잘못된 선택으로 행복할 수 있었던 가정이 순식간에 무너져 버리다니, 얼마나 한탄스러운 일인가. 그날은 정말이지 지겹도록 차고 시린 겨울날이었다.

❶ 혈액이 묻은 물체에서 다른 물체로 혈액의 전이에 의해 생성된 것으로 횡적 움직임이 있는 혈흔
❷ 사람 또는 피 묻은 물체로부터 중력의 작용으로 떨어져 생성되는 혈흔

평생 변하지 않는 게
있어 다행이다

　타임머신을 타고 내가 처음 근무했던 1987년 치안본부 감식과로 다시 돌아가보고 싶다는 생각을 가끔 할 때가 있다. 그게 가능하다면 지금 내가 가진 경험과 기술들을 바탕으로 더 많은 사람을 찾고, 사건들을 해결할 수 있지 않을까? 그런 신나는 상상을 하는 것이다.

　1987년, 시골에서 나고 자란 나는 이솝 우화에 나오는 '서울 쥐와 시골 쥐'의 시골 쥐처럼 도시 생활을 꿈꾸며 서울로 상경했다. 그리고 그해 내무부 치안본부 공무원 인사 채용 공고를 보고 지원했고, 지금의 공직 생활을 시작했다.

　내가 처음 부임한 곳은 치안본부 감식과였다.

'감식'이란 단어를 사전에서 찾아보면 '범죄 수사에서 지문, 필적, 혈흔 따위를 과학적으로 감정함'이라고 나와 있다.

사회 초년생으로 막 근무를 시작했을 때는 '감식'이라는 단어가 무척이나 낯설게만 느껴졌다. 그러나 그런 생소함 마저 설레게 하는 시절이기도 했다.

나는 지문 분류 2주 교육이 끝나고 바로 분류조에 배정되었고, 지문 분류작업이라는 걸 하게 되었다. 주민등록증 발급신청서[1]에 날인된 지문가치번호[2]를 일일이 수작업으로 부여하고 표기하는 분류작업이 '감식과'의 주된 업무였다. 그렇게 분류작업을 하면서 손가락의 지문이 놀라울 정도로 다양하다는 걸 알게 되었다.

만인부동 종생불변(萬人不同 終生不變)

'모든 사람의 지문은 서로 다르고 평생 변하지 않는다.'

사무실 벽에 걸려 있던 낯선 한자를 매일 보고 다니면서도 별생각이 없었는데, 이런 의미였다는 걸 뒤늦게 깨닫기도 했다.

근무를 시작한 지 2년 뒤인 1989년, 변사조로 발령을 받았다. 변사조는 변사자 신원확인을 하는 업무인데, 전문성과 기술이 요구되다 보니 어느 정도 숙련된 경험이 필요했다. 난이도도 높고 일도 힘들어 기피 업무라는 인식이 많았다.

2주간의 교육을 받고 내가 제일 먼저 배당받은 사건은 70대가량의 치매 여환자 신원을 밝혀내는 일이었다. 변사자 지문보다는 지문 품질이 좋은 편이라 신원확인 업무 중에서 제일 난이도가 낮은 일이었다.

치매는 기억을 잊어버리기 시작해 어느새 내가 누구인지도 모르게 되는 무서운 병이다. 할머니는 어쩌다 집에서 나와 길을 잃고 헤매고 다니신 걸까?

남의 일 같지 않아 측은하고 안쓰러운 마음이 컸다. 어르신이 누구인지 빨리 찾아드려서 얼른 가족의 품으로 돌려보내고 싶었다.

다년간의 경험으로 숙련된 선배들에 비하면 아직 나는 햇병아리였지만, 그동안 갈고 닦은 지문 분류 실력을 발휘해볼 생각에 가슴이 뛰었다.

우선 할머니의 십지지문 지문가치번호를 정확하게 부여해야 한다. 지문가치번호를 정확하게 찍어야 작업량도 줄고, 노란 딱지(주민등록증발급신청서)를 빨리 찾을 수가 있다.

내가 찍은 할머니의 지문가치번호는 (좌수)78888-(우수)88888(현재 사용되는 AFIS 시스템의 지문 데이터베이스의 일부)였다.

그런데, 어쩌면 좋은가! 최악의 상황이 발생했다. 할머니의 지문이 하필이면 찾기 어려운 와상문[3]이 아닌가!

경험상 와상문과 함께한 문형다발통은 전과자의 지문에서 많이 발견되곤 했었다. 설마 할머니가 전과자라도 되는 걸까?

우선은 당황한 마음을 진정시키고 차분하게 나 자신부터 달래보았다. 그리고 마음을 다잡았다. 이제 분류통을 향해 전투모드로 변신을 할 시간이었다.

첫째, 마스크는 기본으로 착용한다. 왜? 지하 자료실이라 공기가 너무너무 안 좋으니까.

둘째, 고무 손가락 골무를 낀 장갑을 착용한다. 왜? 그래야 노란 딱지 수십 장을 빼먹지 않고 한 장씩 한 장씩 잘 넘길 수 있으니까.

그렇게 전투 준비를 마친 나는 해당 분류통으로 다가가 노란 딱지를 다발로 꺼냈다.

잠시 심호흡을 한 후 할머니 십지지문과 노란 딱지 지문을 확대경으로 1:1로 정확하게 육안 대조를 시작했다. 이후는 계속 대조 작업의 반복이다.

얼마나 시간이 지났을까, 눈이 튀어나올 것처럼 아프고 인내심도 바닥날 즈음이었다. 갑자기 눈에 번개가 번쩍 치면서 할머니 십지지문과 똑같은 노란 딱지 지문이 눈에 들어왔다. 나도 모르게 환호성을 질러댄다. 아싸!

그동안 갈고 닦은 탁월한 지문 분류 실력으로 치매 할머니는 작업 시작한 지 하루 만에 가족의 품으로 무사히 돌아갈 수 있었다.

가족에게 둘러싸여 안전하게 돌아가는 할머니 뒷모습을 보니 괜스레 뿌듯해졌다. 해냈다는 자부심으로 가슴이 벅차올랐다. 그날은 마치 내가 모든 사건을 다 해결할 수 있는 만능 해결사가 된 것만 같은 기분이었다.

하지만 모든 사건이 이렇게 운 좋은 것만은 아니다. 실제로는 그렇지 않은 경우가 더 많은 게 현실이다. 1차 유력한 번호를 콕콕 찍어 우선 대조를 해서 할머니 지문이 발견되지 않았다면, 2차로 유력한 번호를 다시 분석해서 같은 방법으로 대조 범위를 넓혀가며 작업을 해야 했을 것이다.

이렇게 했는데도 할머니 지문이 발견되지 않는다면 3차,

추정의 수치를 면밀하게 분석해서 다시 추가 작업을 해야만 한다. 최종 대략 3차까지 했는데도 발견되지 않으면 신원확인 불발견으로 일선에 통보하게 된다.

사건은 매일 다양하게 접수된다. 그리고 사건을 배당받을 때마다 이런 과정들을 반복하게 된다. 반복한다는 특성 때문에 단순하게 여겨질 수도 있지만, 결코 생각만큼 쉬운 일은 아니다. 매일 길을 걷는데 항상 새로운 길을 걷는 것과 같은 막막함을 안고 시작되는 일이다. 그리고 처음 내가 생각했던 만큼 설레는 일도 아니었다.

그로부터 얼마 후, 변사사건이 발생했다. 매스컴에서 대서특필한 긴급 변사사건이었다.

타살 혐의가 있는 50대가량 남자로 추정되는 익사 변사체가 발견되었다는 것이다. 부패가 심한 익사체라 지문을 채취하기가 힘들었을 텐데도 현장감식 경찰관들은 포기하지 않았다. 최선을 다해 채취한 십지지문 자료를 본청으로 직접 가지고 왔다.

노란색 행정 봉투 속에서 의뢰 감정물인 변사자 십지지문을 꺼내보이는데 구토가 날 정도로 심한 악취가 나서 숨을 제대로 쉴 수 없을 정도였다. 그 역한 냄새만 맡고도 나는 현장감식 경찰관들의 노고를 절실하게 느낄 수 있었다.

작업 결과는 신원이 나오지 않을 확률 90%, 나머지 10%의 확률!

작업 자체가 아예 불가능할 정도로 부패가 심하고 뭉그러진 지문이었지만, 사건이 중대한 만큼 최선을 다해 작업을 해보기로 했다.

이제 다시 전투가 시작되었다. 전장에서 터지는 포성은 들리지 않지만 오히려 소리 없는 적막 속에서 벌어지는 더 긴장감 넘치는 전투였다.

10여 명의 직원들은 반장님과 조장 선배님의 지시에 따라 긴박하게 움직였다. 모두가 4층 사무실에서 지하 자료실로 일사불란하게 이동했다.

달리기를 해도 될 만큼 길고 넓은 공간에 탁한 공기를 정화하는 환풍기 몇 대만 돌아가는 지하실이다 보니 쾌적한 분위기와는 거리가 멀었다. 언제였는지 정확히 기억나지 않지만, 자료실 보수공사로 시멘트 먼지 속에서 몇 달을 일한 적도 있었다.

그런 악조건 속에서도 우리는 늘 분류통을 끌어안고 피

터지게 싸웠고, 몇 번은 지기도 했지만, 또 몇 번은 대승을 거두기도 했다.

◇◇◇

전투에 뛰어든 직원들은 다시 분류통을 끌어안고 싸움을 시작했다. 어떤 선배는 변사자 지문에 악취가 너무 심해 작업을 할 수 없다며 변사자 십지지문을 환풍기에 걸어놓기도 했다. 아직 선배들에 비하면 풋내기 시절이었던 그때 내가 할 수 있는 일은 그저 마음으로 응원하고 염원하는 일뿐이었다.

그렇게 작업을 시작한 지 나흘이 지났는데도 변사자 지문은 어디에 꼭꼭 숨어 있는 건지 나오지 않았다. 선배들의 지쳐가는 모습을 지켜보며 내가 아직 미숙해 아무 도움도 안 되는 게 미안하게 느껴지기까지 했다. 그러다 무심코 변사자 십지지문을 들여다보는데, 미심쩍은 부분이 눈에 들어왔다.

'왼손 검지 손가락이 내 눈에는 손상문[4]으로 보여지는 건 왜일까?'

왜 그런 걸까, 고개를 갸웃하다가 혹시나 하는 마음에 해당 번호 분류통에 가서 연습 삼아 1:1 대조를 해보았다. 물론 안 나올 확률이 100%였다.

그래도 멋지게 선배들의 모습이라도 따라쟁이 흉내를 내보고 싶은 마음에 신중하게 하나씩 하나씩 대조를 해나갔다. 그러기를 몇 시간이나 지났을까, 갑자기 눈에 번개가 번쩍이면서 심장이 쿵쾅쿵쾅 뛰기 시작했다. 눈에 익은 지문의 손상문 형태가 훅! 하고 눈앞에 나타났다.

찾은 주민원지를 들고 벌떡 일어났다. 너무 기뻐 한달음에 선배들에게 달려가려다가 우뚝 멈춰 섰다. 그동안 고생한 선배들의 노고가 떠올랐다. 혹여라도 그들의 애쓴 노력이 나 때문에 헛되이 비쳐질까 걱정이 돼서였다.

그렇게 이러지도 저러지도 못한 채 고민하기를 십여 분, 내 앞을 지나던 조장 선배를 잡고 쭈뼛거리며 상황을 설명했다. 선배의 반응은 예상 밖이었다. 그는 환호했고, 다른 선배들도 모두 변사자의 신원을 확인할 수 있다는 사실 하나만으로도 기뻐했다. 내 걱정은 속 좁은 후배의 기우였을 뿐이었다.

이렇게 긴급 의뢰된 변사사건은 사건 5일 만에 종결되었다. 그리고 나는 그 사건으로 치안본부 표창장을 받았다.

신원확인 업무는 무에서 유를 창출하는 일이다. 많은 사람들이 모든 지문 감정은 국과수(국립과학수사연구원)에서 하는 업무로 알고들 있다. 미국의 'CSI 과학수사대'라는 드라마 때문일지도 모르겠다. 하지만 실상은 그렇지가 않다. 지문 감정 업무는 지금까지 과학수사관인 우리가 해왔던 고유업무였다. 그리고 우리는 지금까지도 끊임없이 신원 미상의 사람들에게 그들이 잃어버린 신원을 찾아내 돌려드리고 있다.

사건은 끊임없이 일어난다. 그리고 우리는 그 사건들 안에서 변사자들의 신원을 확인해왔다. 많은 인명 피해를 낳았던 사고들도 마찬가지였다. 성수대교 붕괴사건이 그랬고, 대구 지하철 공사장 가스폭발사고, 삼풍백화점 붕괴사고가 그랬다. 예기치 못한 큰 사고나 사건이 터지면 사람들은 충격을 받지만, 우리는 그럴 새가 없다. 묻히고 깔리고 휩쓸린 희생자들의 신원을 찾아내 가족들에게 돌려보내줘야 하기에 조금도 지체할 수 없다. 우리는 그때마다 이 일이 중요하고 꼭 필요한 일이라는 사명감과 자긍심을 가지고 임했다.

그렇게 오래도록 같은 일을 해왔지만
지금도 지문을 볼 때면 가슴이 설렌다.

시간이 흐른 만큼 과학수사도 많은 발전을 이뤄왔다. 35년 전에는 신원확인 지문 감정 업무가 번거롭고 시간이 오래 걸리는 수작업이었다면, 지금은 AFIS⁵라는 시스템을 활용해 사건을 쉽고 편하게 처리할 수 있게 됐다. 그리고 우리 과학 수사의 탁월한 지문 감정 역량은 대한민국을 넘어 세계에서 도 인정받고 있다.

어느덧 퇴직을 얼마 앞둔 나는 지금도 변함없이 지문 감정 업무를 하고 있다. 그렇게 오래도록 같은 일을 해왔지만 지금도 지문을 볼 때면 가슴이 설렌다. 꼭 그 일이 잘 맞아 서만은 아니다. 내가 이 일을 놓지 못하는 가장 큰 이유 중 하나는 지문의 주인들 때문이다.

여전히 자신을 잃어버린 채 떠도는 사람들, 죽어서도 자 신을 찾아주길 바라는 변사자들에 대한 깊은 연민. 그들을 찾는 사람들에게 느껴지는 안타까움과 걱정이 이 일을 계 속 붙들게 한다. 그래서 내게 남은 시간도 과학수사 발전을 위해 후배들을 양성하는 데 쓰고 싶다. 과학수사 지문 감정 역량이 국내를 넘어 세계로 펼쳐질 수 있도록 최선을 다할 작정이다.

그리고 이렇게 30년이나 일해온 나 자신에게도 감사 인

사를 해보려 한다.

그동안 고생 많았다고.

❶ 속칭 '주민등록원지', 주민등록이 된 자 중 17세 이상인 자가 주민등록증을 신규 발
급받고자 할 때 작성하는 서류로 십지지문을 포함함
❷ 지문 문형(궁상문, 제상문, 와상문 등)에 분류 효율화를 위해 부여하는 번호
❸ 지문 모양의 하나. 지문이 원형 고리 모양으로 배열됨
❹ 화상, 자상 등으로 정상지문이 손괴되어 융선수, 내단, 외단 등을 정할 수 없는 지문
❺ 지문자동검색시스템, 지문을 통한 신원확인을 지원하는 시스템

기억이 사라진 그 순간에
떠오르는 기적

2012년 8월, 불볕더위가 기승을 부리던 뜨거운 어느 여름날.

부산 동래의 대로변에 있는 5층 건물 2층 주점에는 대낮인데도 간판 불이 환하게 켜져 있었다. 많은 사람들이 지나다니고 있었지만 낮 시간이라 그런지 간판 불이 들어와 있는 걸 알아차리지 못했던 것 같다.

새벽에 영업이 끝나면 그때부터 간판 불이 꺼져 있는 게 보통이었다. 영업을 마친 업주가 실수로 전원을 내리지 않고 그대로 켜놓은 걸까?

같은 건물 5층에 거주하는 건물주가 이를 가장 먼저 이상하게 여겼다. 그래서 업소를 찾아가 출입문을 열었는데, 그가 마주한 것은 차마 눈 뜨고 볼 수 없는 처참한 살인사건의 현장이었다. 업주와 종업원, 이렇게 2명이 흉기에 찔려 숨진 채 발견된 것이다.

건물주는 곧바로 112에 신고를 했고, 살인사건은 그렇게 동래 경찰서에 접수되었다.

살인사건이라는 걸 확인한 동래 경찰서 과학수사팀이 지방청 과학수사계로 현장 출동 요청을 했다.

2012년만 해도 광역과학수사팀 운영이 시작되기 전이라 각 경찰서에 과학수사팀이 있고 지방청에는 과학수사계가 있던 시절이었다. 게다가 경찰서 과학수사팀에는 팀장 1명, 당직근무자 1명이 근무를 하며 모든 사건을 취급하던 때이기도 했다. 지금 돌이켜 생각해보면, 그때는 어떻게 혼자서 온갖 잡다한 일을 다 했나 싶다.

사건 발생 당시, 지방청 현장팀에 소속되어 있던 나는 최면수사, 몽타주, CCTV 영상분석 업무를 담당하고 있었다. 출동 요청을 받고 현장 팀원들과 함께 현장에 도착해 2층 주점으로 올라갔다. 출입문을 열면 시계 방향으로 개방된 형식의 룸이 여섯 개가 있고 룸마다 테이블이 놓인 구조였다.

첫 번째 룸의 테이블은 엉망인 상태였다. 테이블 위에는 맥주병들이 제멋대로 쓰러져 있고, 바닥에도 깨어진 맥주병 조각들이 어지럽게 널려 있었다. 또 다른 테이블 한 곳에는 치우지 않은 것으로 보이는 맥주병과 안주 접시가 놓여 있었다.

여성 1명은 주방 앞에서 숨져 있었고, 또 다른 여성 1명은 소파에 누워있다가 살해를 당한 것으로 보였다.

현장 관찰이 끝나고 감식 방향을 설정한 뒤 감식을 실시했는데, 현장을 은폐한 흔적들이 관찰되기 시작했다. 바닥을 대걸레로 닦아낸 흔적과 함께 테이블과 테이블 위의 맥주병들을 수건으로 닦은 흔적도 보였다. 심지어 CCTV DVR까지 뜯어내어 주도면밀하게 증거를 없애려고 노력한 흔적들까지 관찰되었다.

'어려운 현장이다'라는 생각이 먼저 뇌리를 스쳐 지나갔다. 아니나 다를까, 우려는 곧 현실로 다가왔다. 범인으로 특정할 만한 단서라고는 맥주로 오염된 담배꽁초 2점, 여성용 의류 1점, 골프채 1점, 주방 앞과 출입문 쪽 바닥에 유류된 동일 문양의 혈흔 족적 3점뿐이었다.

자칫하면 몹시 난감한 상황이 될 수도 있는 현장이었다. 무엇보다 중요한 지문은 발견할 수조차 없었다.

현장감식이 끝난 후 본격적인 수사가 시작되었다.

수사팀에서 피해자 휴대전화 통화기록 및 카드 결제 내역 등을 수사하다가 이 업소에서 새벽까지 술을 마신 마지막 손님을 찾아냈다. 60대 남성이었는데, 새벽까지 이 주점에서 술을 마신 게 확인되었다. 그러나 그는 너무 취해서 여기서 있었던 일을 정확하게 기억하지 못한다고 진술했다.

용의자로 의심되는 상황이었으므로 수사팀에서는 CCTV 를 통해 그의 당일 행적을 추적했다. 그리고 사건 당일 그 는 자신의 집에 두세 차례 반복해 들락거리는 이상한 행동 을 했다는 걸 알 수 있었다. 그 뒤에 주점으로 출입한 장면 이 확인되어 용의자일 가능성이 더욱 높아졌다.

이 남성을 용의자로 수사하고 있을 때, 현장에서 수거해 국과수에 감정 의뢰했던 담배꽁초에서 불상의 남성 DNA가 검출되었다는 연락을 받았다.

용의자로 수사를 받는 남성의 DNA와 일치한다면 사건 이 손쉽게 해결될 수도 있었다. 하지만 늘 그렇듯 기대가

클수록 쉽게 풀리는 일은 드물었다. '유전자가 일치하지 않는다'는 검사 결과를 통보받게 된 것이다.

감정 의뢰 결과가 나오고 며칠이 더 지났다. 용의자로 의심을 받다가 참고인 신분으로 바뀐 남성이 새로운 진술을 했다. 사건 당일 자신이 피해자와 술을 마시고 있을 때 손님 한 명이 더 들어왔던 것 같다는 것이다.

그의 말이 맞다면 또 다른 용의자가 있는 셈이었다. 그 말의 진위 여부가 중요해졌다. 방법을 강구하던 수사팀에서 내게 최면수사를 요청해 왔다.

남성을 대상으로 최면수사에 들어가기 전에 먼저 해소할 부분이 있었다. 한때 살인사건 용의자로 몰렸던 탓에 상대는 많이 위축되어 있었다. 두려워서 긴장을 풀지 못하는 남성의 마음을 달래주며 면담을 시작했다. 어느 정도 라포를 형성한 뒤에야 사건 당일 있었던 일에 대해 최면을 진행할 수 있었다.

◇ ◇ ◇

사건이 발생하던 날, 주점에 술을 마시러 오던 시점으로 역행하여 그 남자가 들어오는 시점까지 시간순으로 진행하면서 기억 회상을 유도했다.

남성이 월급을 타서 기분 좋게 업주와 술을 마시고 있는 상황이었다. 갑자기 출입문이 열려 얼핏 쳐다보니 한 남자가 들어온다. 남자를 확인한 건 불과 2초 남짓의 시간이었다. 남자가 들어오자 업주는 그가 앉은 테이블로 가버렸고, 남성은 기분이 나쁘다며 화를 낸다. 이벤트가 있는 순간이었다.

나는 '기분 나쁘다며 화를 내는 바로 그 순간적인 감정' 속에 출입문으로 들어오던 그 남자의 이미지가 있을 것이라고 확신했다. 스크린기법[1]으로 불상의 남자가 출입문을 열고 들어오는 순간을 정지시켰다. 그리고 보이는 대로 이야기를 하라고 하니 얼핏 본 남자의 용모와 인상착의를 상세하게 진술했다. 역시 기분 나쁜 그 감정 속에 남자의 이미지가 강하게 남아 있던 덕분이었다.

최면에서 각성시킨 뒤, 나는 곧바로 최면 당시 회상했던 모습을 토대로 몽타주 작성 작업을 했다. 드디어 사건을 해결할 실마리, 제2의 용의자가 생긴 것이다.

수사에 활력이 돌기 시작했다. 수사팀에서는 끈질긴 탐문 수사를 벌였고 기어이 몽타주와 비슷하게 생긴 남자를 찾아냈다. 그는 정말이지 볼수록 몽타주와 많이 닮아 있었다. 최면수사에 응했던 남성의 기억이 정확했다는 반증이기도 했다.

이제 과학적으로 증명해야만 하는 일이 남아 있었다. 바로 유전자 대조였다.

몽타주와 닮은 남성에 대해 유전자를 채취하여 국과수에 감정 의뢰한 결과, 담배꽁초에서 나온 유전자와 일치한다는 통보를 받았다. 억울한 죽음을 해결하기 위해 발 벗고 뛴 수사팀의 열정과 과학수사로 살인사건의 범인을 증명한 공조가 만들어낸 눈부신 결과였다.

◇ ◇ ◇

사건을 해결하고 십여 년이 흐르고 나서 사건 현장을 가보니 그때 그 건물은 흔적도 없이 사라져버렸다. 이제 그

장소에서 무슨 일이 있었는지는 내 과거의 기억 속에만 남아 있을 뿐이다. 문득 자문해본다. 만약 최면이라는, DNA 분석이라는 과학수사가 없었다면 살인범을 찾아낼 수 있었을까?

다시 한번 내 일에 보람과 자부심을 느끼게 된다. 과학수사가 있는 한 완벽한 범죄는 없을 것이다.

---

❶ 최면을 유도하는 방법의 하나. 영화를 보는 것처럼 사건 당시 장면을 상상 속 스크린에 투사하여 관조하는 방법

억울한 죽음을 해결하기 위해 발 벗고 뛴 수사팀의 열정과 과학수사로
살인사건의 범인을 증명한 공조가 만들어낸 눈부신 결과였다.

나의 검시 일기
한 페이지에 담긴

17년 전, 나는 수년간 몸담았던 제약회사의 연구소 생활을 접고 새로운 직장으로 자리를 옮겼다. 그 당시 내가 택한 길은 날 아는 모두에게도 그랬지만, 나 자신에게조차 너무나 생소한 분야였다.

사람이 죽은 현장에서 망인(亡人)의 신체를 살펴, 왜 사망했는지, 어떻게 사망했는지를 알아내는 일 그리고 그 일에 몸담은 지 벌써 17년이 흘렀다. 그 시간들을 지나오면서 언젠가부터 현장에서 겪은 일들을 일기를 쓰듯 끄적이기 시작했다.

눈으로 보고 관찰한 법의학적 의미를 곱씹고, 또 그 속에

스며 있는 보이지 않는 울림들이 내 기억 속에서 행여 잊혀질까 적어두기로 한 것이다. 그리고 그렇게 하나하나씩 쌓이다 보니, 이제 그간의 기록들은 나만의 검시 일기장이 되었다.

그리고 오늘 여기, 한편의 단막극처럼 써 내려간 설익은 나의 검시 일기의 몇 페이지를 함께 나눠 보고자 한다.

◇ ◇ ◇

중년의 남성이 아파트 화단에 추락사한 시신으로 발견되었다. 아파트를 수색하며 그가 15층에서 뛰어내린 것을 확인할 수 있었다. 복도 바닥에는 뛰어내릴 때 지지대로 사용했던 파란색 사각 플라스틱 의자가 고스란히 놓여 있었다.

현관문이 열려 있는 세대를 발견했고, 그 안으로 들어갔다.

안방에는 할머니 한 분이 베개를 베고 이불을 가지런히 덮은 채로 의식 없이 누워계셨다. 심정지 상태였다. 급하게 119를 불렀다.

기도삽관을 한 후 심폐소생술을 하면서 인근 대학병원

응급실로 최대한 빨리 후송했다. 하지만 결국 사망 선고가 내려졌다.

할머니는 턱관절을 제외하고 전신 큰 관절에 경직이 와 있었다. 시체 얼룩은 목덜미 쪽에 유동성으로 막 출현되고 있는 게 보였다. 등에는 저온화상으로 보이는 홍반성 피부 발적[1]도 보였다.

할머니는 추락한 남성의 모친으로 밝혀졌는데, 남성이 추락한 시점 훨씬 이전에 사망한 것으로는 보이지 않았다. 2단으로 맞춰진 전기매트 위에서 발견되어 조기 경직이 출현했을 가능성도 있어 보였다.

턱관절에도 경직이 있었겠지만, 119 도착 시 기도삽관을 하면서 턱에 있었던 경직은 풀렸을 것으로 짐작되었다. 할머니의 신체에서는 뚜렷하게 사망에 이르게 할 만한 현상들을 찾아볼 수 없었다.

'남성은 스스로 아파트에서 뛰어내렸고, 집에는 노모가 사망해 있다!'

이 두 사람의 사망 결과에서, 노모는 자연스러운 죽음이 아닐 가능성이 있다는 합리적인 의심이 갔다. 노모를 살해하고 목숨을 끊었다는 생각이 설득력을 얻어가는 가운데,

'약물?', '비구폐색?' 두 가지가 머릿속을 스쳤다.

노모의 사망진단서는 대형병원 응급실에서 미상으로 발부되었다.

안치실 검시를 마치고, 사건이 발생한 현장으로 다시 돌아갔다.

안방에 들어서서 남성이 취득한 요양보호사 자격증이 벽면 한쪽에 자리 잡고 있는 걸 보았다. 노모를 돌보면서 받은 요양 급여비는 두 식구의 생활비가 된 것 같았다. 남성은 범죄 전력이 있었고, 4년 전 교도소를 출소했다. 복역해 있는 동안 교도소 내에서 요양보호사 자격증을 취득했다는 것도 확인했다.

집 안은 비교적 정리 정돈이 잘 되어 있었다. 그래서 그것이 유독 눈에 띄었다. 방 한구석에 피다 만 듯한 담배 한 개비가 담뱃재도 정리되지 않은 채 나뒹굴고 있었다.

현장감식을 진행하고 있는데, 담당 형사로부터 전화가 왔다. 담당 형사는 남성의 핸드폰에 있던 유서 내용을 보내줄 테니 확인하라고 했다. 남성이 본인의 친누나에게 보낸 메시지였다.

어머니는 돌아가셨어. 누나한테만 얘기할게. 얼마 전부터 어머니가 똥오줌도 가리지 못하시고 정신도 없고 했어. 죽지도 못하고 너무 힘들어하셔서 내가 죽여 드리기로 했어.

수면제 십오 일치를 드리는데 정신이 온전하지 않으면서도 다 자기 손으로 드셨어. 어머니는 알고 계셨던 거야.

잠드시고 내가 베개로 숨을 못 쉬게 했어. 하고 싶은 말은 많지만 이게 내 유언이야. 누나가 있어서 너무 고마웠어. 엄마하고 같이 떠나려고 하는 건 누나가 이해해줘. 누나. 마미는 지금 내 옆에 죽어 있다. 나도 이 글이 끝나면 이 세상에 없겠지.

이튿날 아침, 국과수에서 할머니의 부검이 진행되었다.

전신 외표에서 사인으로 고려할 만한 손상을 보지 못하였으며, 유서 등 사건 개요를 고려할 때 비구폐색성질식사 또는 급성약물(수면제) 중독사의 가능성을 배제할 수 없다는 의견이었다.

이번 사건을 계기로 많은 생각을 하게 되었다.

남성이 뛰어내리지 않고, 80대 병든 노모의 변사 신고만을 접했다면, 과연 적극적인 사인 규명이 되었을까?

더 나아가 현장에 놓여 있던 베개와 쿠션 등을 증거물로 예견했을 것인지 스스로에게 되물었을 때는 아찔한 기분이었다.

경찰에 신고되는 모든 변사 현장에서 필터링 될 수 있는 시스템적인 검시 체계가 더욱 필요하다는 생각을 하게 된다. 그동안 많은 사망 현장을 접하면서 미진함을 해소하고자 많은 노력을 기울여왔다. 그러한 노력은 앞으로도 멈추지 않고 계속되어야 한다. 연구하고 고민해 가는 자세 역시 너무나 절실하다는 걸 깨닫게 되는 하루였다.

◇ ◇ ◇

누구나 한 번은 경험하게 되는 죽음. 그것이 자연적인 것이든, 생사의 경계를 넘나들며 수없이 고민한 선택이든, 혹은 예기치 않았던 갑작스런 죽음이든, 그 속에 투영된 저마다의 인생들이 검시를 통해 한순간에 통째로 드러나는 걸 저릿한 기분으로 실감하게 된다.

쪽방촌 여관방 안에서 홀로 맞이하는 고독사, 대중들을 분노케 하는 엽기적인 살인으로 인한 죽음, 재난과도 같은 사고로 억울하게 희생된 죽음……. 과학수사관(검시조사관)

으로서 이 일을 하지 않았다면, 그들이 말하고자 하는 것들을 오롯이 알아차리지 못했을 것이다. 그래서 검시조사관이라는 나의 직업이, 오늘이라는 나에게 주어진 순간순간의 삶이 감사하게 다가온다.

바꿀 수 없는 것에 대해 평정심을 가지는 것. 바꿔야 할 것은 바꿀 수 있는 용기. 그리고 이 둘을 구별할 수 있는 밝은 눈을 가지기를.

또한 살아가는 동안 겪게 되는 고난과 역경을 맞이할 때마다 쓰러지지 않는 굳건함을 지닌 내가 되기를 가슴 속 깊이 소망해본다.

그리고 마지막으로 현장에서 운명을 달리한 고인들의 명복을 빌며, 나의 검시 일기장을 덮는다.

❶ 피부 겉면의 모세혈관이 확장되고 혈액이 모여 있는 현상의 결과로 생기는 점막과 피부의 발적과 염증을 의미

그때가 떠오르면
빗소리가 들린다

따스한 햇살이 비추던 5월 어느 날이었다. 그날은 유난히 신고가 많았던 걸로 기억한다.

사무실은 며칠 동안 이어진 리모델링 공사로 어수선했다. 컴퓨터며 책상이며 할 것 없이 먼지도 수북이 쌓였다.

풀풀 날리는 먼지에도 아랑곳없이 꿋꿋이 밀린 수사 서류들을 정리했다. 얼추 마무리되자 이제 샤워를 하려고 막 일어서던 참이었다.

따르르릉, 따르르릉.

벨소리에 일어서다 만 엉거주춤한 자세로 전화를 받았다.

"○○서 형사팀입니다. 컨테이너 안에 사람 두 명이 피를 흘리고 죽어 있다고 합니다. 현장에 바로 나와주셔야 할 것 같습니다."

시계를 확인하니 자정이 조금 넘은 시간이었다.

여러 생각이 톡톡 튀어나오며 머릿속을 맴돌았다.

동반 자살? 살인? 오인 신고?

주섬주섬 장비들을 체크하고 나서 스타렉스에 올라탔다.

현장은 국도를 면한 작은 시골 마을의 한 컨테이너 안이었다.

밤이 깊어 고요해야 했지만, 마을 입구로 들어서자 이미 불 켜진 집들이 많이 보였다. 여러 대의 순찰차와 출동한 경찰관들이 분주하게 움직이고 있었다.

가까이 다가갈수록 번쩍이는 경광등 불빛들이 사건이 예사롭지 않다는 것을 미리 말해주는 듯했다. 현장에는 관할 지구대장, 팀장, 지역경찰관, 형사팀장, 형사팀원들까지 익숙한 얼굴들이 많았는데 저마다 심각하고 바빠 보였다.

우리는 인근에 주차한 후 보호복과 덧신, 모자를 착용하고 무거운 마음으로 현장을 향했다.

폴리스라인을 넘어서니 반쯤 열린 컨테이너 문 사이 바

닥부에 피가 흥건했다. 조심스럽게 바닥에 보행판을 놓으며 현장을 살피기 시작했다.

7평 남짓한 컨테이너 내부에는 TV, 냉장고, 옷장 같은 가재도구가 마련되어 있었다. 그동안 사람이 생활했던 공간으로 보였다.

컨테이너 내부 좌측 바닥에 5~60대로 보이는 남성 2명이 나란히 누운 채 사망해 있었다. 사망자들 얼굴 주변으로 피가 흘러나와 있고 둘 사이에는 망치가 덩그러니 놓여 있었다.

컨테이너 내부 벽면에는 비산된 혈흔들이 보였는데 당시의 긴박하고 안타까웠던 상황이 고스란히 느껴졌다.

사망자들 다리 방향 쪽 바닥에는 술잔과 소주병, 안주들이 어지럽게 흐트러져 있었다. 한 사망자의 손에서는 삶의 무게가 느껴지는 굳은살과 변형된 손가락이 눈에 띄어 애잔했다.

좁은 컨테이너는 문까지 닫혀 있어 바람이 거의 통하지 않았다. 그동안 웅크린 채 공기 중에 녹아 있던 피비린내가 타이트하게 착용한 마스크를 스멀스멀 비집고 들어왔다.

보호복도 공기가 통하지 않기는 마찬가지라 온몸으로 땀이 흘러내리고 있었다.

그나저나…… 이건 확실한 강력사건이었다.

컨테이너 내부를 대략적으로 스케치한 뒤 밖으로 나왔다. 형사들과 신고자가 몇 걸음 앞에 서 있었다.

신고자에게 발견 경위에 대해 묻자, 신고자와 사망자들은 같은 마을 주민으로 오전부터 여기서 함께 술을 마셨다고 했다. 그리고 신고자는 평소보다 술을 많이 마셔 속이 좋지 않았고 먼저 집으로 돌아갔다는 것이다.

잠시 눈을 붙였다가 잠에서 깨고 나서는 안줏거리로 만두를 구워 컨테이너로 다시 돌아왔다. 문을 열고 들어가 보니 두 사람이 피를 흘리고 쓰러져 있어 신고를 했다고 진술했다.

담당 형사는 현장을 비추는 CCTV나 블랙박스 영상은 없는 상태라고 확인해주었다. 날이 밝으면 주변 탐문, 관계자들의 행적 등에 대해 수사할 예정이라고 했다.

이제부터는 과학수사에서 단서를 찾아야 했다. 가능성은

세 가지로 보였다.

첫째, 사망자 두 사람이 어느 이유로 서로 싸우다가 사망하였을 가능성.

둘째, 여기에 있지 않은 누군가가 컨테이너에 들어와 술을 마시고 있던 두 사람을 살해한 뒤 도주하였을 가능성.

셋째, 여기 있던 누군가가 두 사람을 살해하였을 가능성.

첫 번째 가능성을 파악하기 위해서는 사망자들의 검시가 필요했다. 잠깐 기다리니 마침 검시조사관들이 도착했다. 우리는 다시 피비린내가 웅크린 컨테이너로 향했다.

사망자들의 상처 부위는 너무나 참혹했다. 얼굴과 머리의 상처는 둔기에 의한 손상으로 추정되며 함몰, 골절 등으로 얼굴을 알아보기 힘든 상태였다.

바닥에는 사망자들의 인체에서 떨어져 나간 뼛조각, 인체 구성물들이 관찰되었다. 한 명은 뒤통수에 수십 개의 열창, 한 명은 이마, 눈, 입 등 얼굴에 수십 개의 열창이 관찰되었다. 이 열창의 모양은 사망자들 사이에 놓여 있던 망치와 그 형태를 같이했다.

검시조사관들과 검토한 결과 각각의 상처는 뼈가 함몰되거나 눈이 소실될 정도의 강력한 형태로, 상호 간의 이와 같은 가격을 주고받았을 가능성은 제로에 가까웠다.

누가 무슨 이유로 이렇게 잔혹하게 두 사람을 살해하였을까? 그렇다면 이제 남은 가능성은 두 가지였다.

두 번째 가능성을 파악하기 위해서 우리는 잠시 생각을 정리해야 했다.

위치가 국도변이기는 하나, 주민이 아니라면 굳이 여기까지 들어올 일 없는 아주 작은 시골 마을이다. 여기 사망자들이 있다는 사실을 알고 원한을 갚기 위해 마을로 들어오지 않는 한 접근할 이유가 없었다. 현장에 금품이 있었던 것도 아니어서 여행 중 강도피해의 가능성도 희박해 보였다.

그럼에도 불구하고 만일 다른 곳에서부터 누군가 여기로 들어와 두 사람을 살해한 거라면 컨테이너 내부에 반드시 흔적을 남겼을 것이다.

담당 형사들과 이 상황을 논의한 후 해가 뜰 때까지 현장에 출입을 금지하도록 하고, 해가 뜨면 다시 컨테이너에서 증거를 찾기로 했다.

손목시계를 확인하니 어느덧 시간은 새벽 2시를 향해 가고 있었다.

두 번째 가능성은 일단 보류한 상태이므로, 이제는 세 번째 가능성에 대해 접근해야 했다.

이곳에 있던 사람은 총 3명이었다. 신고자와 사망자 2명.

그런데 사망자와 함께 있었던 신고자의 행태가 유난히 눈에 띄었다. 컨테이너에서 가까운 자기 집으로 들어갔다 나왔다 하는 게 불안해 보였다. 마당에서 술을 마시는가 하면 큰 소리로 울기도 했다.

"행님들아, 행님들아, 나만 놔두고 먼저 가면 어쩌노."

혼자 탄식하며 형사를 붙잡고 늘어지기도 했다.

"아이고, 형사님들…… 우리 행님들 저리 만든 놈들 꼭 좀 잡아주이소."

신고자가 술에 만취된 상태여서 행적이나 관계자 조사를 해야 하는 형사들 입장이 곤란해졌다.

얼마 뒤 집에 들어갔던 신고자가 마당으로 나왔는데, 의복이 깔끔한 상태였다.

신고자에게 동의를 구한 뒤 그의 손을 확인했다. 손톱 아래 혈흔의 흔적이 미세하게 보였다.

우리는 조심스레 신고자에게 손끝의 혈흔은 무엇이냐 물었다. 신고자는 만두를 구워 와보니 같이 술을 마시던 형님들이 피를 흘리고 누워 있었는데, 흔들어 깨운다고 접촉하면서 묻은 피인 것 같다고 진술했다.

의아했다. 신고자의 손톱 아래에만 혈흔이 보일 뿐 손바닥이나 다른 데는 너무 말끔했기 때문이다. 그렇다면 신고자는 얼굴 형체마저 알아보기 힘든 지인들의 상태를 확인하고 경찰에 신고한 뒤 차분하게 손을 씻었다는 말이 된다.

'나라면 이 상황에서 저렇게 할 수 있었을까?'

아니다, 당황하거나 너무 놀라 콘테이너 밖에서 발을 동동 구르며 경찰이나 소방관이 오기를 기다렸을 것이다.

물론 변수는 있었다. 신고자는 술에 만취한 상태여서 일반인과 다른 행동을 했을 가능성을 배제할 수는 없다. 그럼에도 우리의 직감은 점점 신고자를 향하고 있었다.

그런 눈빛을 알아챈 것일까. 신고자는 계속되는 물음에 짜증을 부렸다. 세상 친한 가족 같은 형님들이 죽어서 나도 죽고 싶은 심정인데 나를 의심한다며 마을이 떠나가라 고래고래 소리를 질렀다.

신고자가 너무 흥분해 한참이나 타이르며 잠시 숨을 골라야 했다. 점차 신고자의 목소리가 줄어들고 새벽녘 5월의 풀벌레 소리가 들리기 시작했다. 그리고 그 소리에는 다른 소리도 섞여서 들렸다.

위잉, 위잉, 위잉.

만취해서 흥분했던 신고자도, 사건을 논의하던 형사들도 조용해진 사이 어디선가 내 귓가로 진동음이 들려오기 시작했다. 진동음은 미세하게 들렸지만, 신고자의 주거지에서 나는 듯했다. 나의 발걸음은 본능적으로 그곳으로 향했다.

진동음은 신고자의 주거지 좌측 창고 쪽에서 들리는 것 같았다. 그리로 다가갈수록 점점 크게 들렸다.

나는 창고 문을 조심스레 열었다. 들여다보니 거긴 세탁실이었다. 세탁기 한 대와 건조기 한 대가 부지런히 돌아가고 있었다. 가만 보니 세탁은 이미 완료된 상태였고, 건조기는 건조 완료까지 5분이 남아 있는 상태였다.

사진을 촬영한 후 조심스레 세탁기 안과 건조기 안을 확인했다. 세탁물은 의류, 신발, 속옷, 장갑, 수건 등 다양했다.

시계를 확인했다. 세 시가 가까워지고 있었다.

세탁 후 건조기를 작동했다 가정하면 최소 서너 시간 이전부터 신고자는 세탁물을 돌리기 시작한 것이다.

자정 무렵에 세탁기를 돌린다? 그것도 의류뿐만 아니라 신발, 장갑까지?

세탁실 우측에는 샤워실이 있었다.

샤워실 바닥은 사용한 지 얼마 되지 않은 듯 물이 흥건한 상태였다. 혈흔은 육안으로 보이지 않았다. 이제 우리의 의심은 가능성에서 합리적 추정으로 변하고 있었다. 이제 이 합리적인 심적 추정을 물적 증거로 제시해야 한다.

컨테이너와 신고자의 집 주변부에서 사진 촬영과 증거물을 수집하기 시작했다.

어느덧 주변이 밝아져 왔다.

마치 어젯밤 아무 일도 없었던 것처럼 저 멀리 동쪽 바다에서 어제와 같은 맑은 해가 찬란하게 떠오르기 시작했다. 현장과 인접한 국도에는 평소처럼 이른 아침 출퇴근에 나선 차량들이 쉴 새 없이 지나갔다. 가까이에 두 사람이 살해되는 끔찍한 일이 벌어졌지만, 세상은 특별히 달라지거나 한 게 없었다. 평소와 다름없는 아침이었다.

자백과 재임장

현장에서 수집한 증거물을 포장해서 사무실에 복귀했다. 시계는 어느덧 일곱 시 반을 가리키고 있었다.

지원을 위해 자정부터 동원된 팀원들과 함께 해장국을 먹었다. 오늘 당직 근무를 해야 하는 팀원들은 이미 지친 기색이 역력했다. 우리는 식사 후 곧바로 현장에서 수집한 증거물을 정리하고 수사 서류와 국과수 감정 서류들을 정리했다.

얼마나 시간이 흘렀을까, 담당 형사팀에서 연락이 왔다. 형사팀에서 진술 조서를 받고 모순점을 추궁하자 신고자가 자신이 사람들을 죽였다고 실토했다는 내용이었다.

긴장이 풀렸다. 시계를 확인했다. 오전 11시였다. 28시간 이상 잠을 자지 않았다는 사실이 이제야 새삼 와닿기 시작했다.

수거한 증거물들에서 지문, 유전자 시료, 혈흔 시료 등을 채취하고 수사 서류, 감정 서류를 마무리한 뒤 오후 5시 무렵 퇴근을 했다.

집으로 돌아와 샤워를 하고 나서 소변을 보는데 따끔한

느낌이 들었다. 평소에 없던 통증이라 그때까지 무겁게 짓누르던 잠이 한순간에 확 달아났다. 소변을 확인하니 혈변이었다.

잠을 자지 못하고 장시간 긴장했던 탓일까?

마음 한구석에 걱정이 되기도 했지만, 일시적일 거라 여기고 오후 7시경 잠을 청했다.

머릿속이 복잡한 탓인지 녹초가 되었는데도 금세 잠이 오지 않았다. 결국 이리저리 뒤척이며 생각을 이어갔다.

추가적인 증거를 어디에서 찾을 것인가? 범인은 어디에서 흔적을 남겼을까? 남긴 범죄의 흔적이 있다면 그 흔적을 증거로 쓸 수 있을 것인가?

이런저런 생각들이 교차하는 가운데 어느 순간 잠이 들었던 모양이다. 그날은 정말 죽은 듯이 잤던 것 같다.

아침이 되고 다시 현장 재임장을 위해 출근했다. 출근길 창밖 풍경은 어제와 다를 것 없이 고요하게 흘러가고 있었다. 다만 가늘었던 빗줄기가 어느새 무겁게 추적추적 내리고 있었다.

사무실에서 장비를 챙긴 후 형사팀에서 신고자를 상대로

받아놓은 피의자 신문 조서를 건네받아 내용을 검토했다.

피의자는 범행 당일 오전부터 동네 형님 1명과 자신의 종업원이자 컨테이너에서 생활하는 형님 1명과 술을 마셨다.

피의자는 평소 자신을 나무라고 욕하는 동네 형님에 대한 불만이 컸는데, 술을 먹던 자리에서 동네 형님과 실랑이가 생겼다고 했다. 동네 형님이 밀치자 격분하여 망치로 그의 얼굴과 머리 등을 수차례 내리쳐 살해했고, 이를 말리던 종업원 형님까지 머리를 수차례 내려쳐 살해하였다는 것이 주요 내용이었다.

마을에 도착한 후 혈흔형태분석팀, 프로파일러와 현장을 다시 검토한 후 프로파일러는 피의자 조사를 위해 입감 장소로 향하고 혈흔형태분석팀은 컨테이너 내부 혈흔형태분석[1]을 시작했다.

그사이 나는 어제 잠들기 전 분류했던 생각대로 걸음을 옮겼다.

컨테이너 내부에서 나오는 증거물들은 3명이 함께 술을 마신 장소이기에 다른 과학수사 활동보다는 행동 패턴 분석인 혈흔형태분석이 가장 적합하다 생각했다. 추가적으로 피의자의 집에서 증거가 발견된다면 이 증거가 핵심이 될지 모른다고 판단했다.

혹시 피의자가 피해자들을 살해 후 자신의 집에서 옷을 갈아입고, 세탁하고 정리하는 사이에 피의자가 지우지 못한 흔적이 나온다면?

우리는 피의자의 집 내부에 피의자가 지우지 못한, 혹은 지웠음에도 혈흔의 성분이 남아 있는 곳이 있는지, 과학수사 시약을 이용하여 혈흔의 조각을 찾아가기 시작했다.

시약과 조건 값을 세팅한 후 집 안 내부를 확인한 결과 육안으로는 혈흔이 보이지 않으나 샤워실, 주방 씽크대, 주방 수건 등에서 선명한 혈흔 양성반응이 나왔다.

해당 혈흔이 피해자들의 혈흔인지 여부에 대하여 국과수 감정 결과를 기다려야 하는 절차가 남아 있지만, 이로써 형사팀, 프로파일러가 받아낸 자백과 과학수사팀에서 수집한 증거가 일치하게 된 것이다.

이후 프로파일러에게 피의자가 진술하기를, 종업원 형님은 자신과 사업 관계로 오랫동안 힘든 일을 함께하며 동고동락한 사이라고 했다. 그는 아내 없이 홀로 키운 딸이 있는데 그 딸이 자신을 삼촌이라 부르며 너무 잘했다는 것이다. 형님의 딸이 눈앞에 계속 아른거려 미안한 마음이 들었다는 이야기까지 프로파일러로부터 전해 들었다.

남겨진 자의 아픔과 소망

다음 당직 날, 우리는 다른 신고 건을 마치고 복귀하던 중 별다른 이유도 없었지만 그 현장에 들렀다. 다시 현장에 갈 구체적인 이유가 있었던 건 아니었다. 그렇지만 우리가 했던 과학수사 활동이 적합했는지, 혹시 놓친 것은 없는지 여운이 남았기 때문이다.

그날도 하늘은 무거웠고, 어제 잠깐 그쳤던 비가 다시 세차게 내리고 있었다. 국도를 지나 좁은 농로 변을 따라 그날처럼 스타렉스를 주차했다. 검은 우산을 쓴 채 컨테이너를 바라보고 있는 젊은 여자의 뒷모습이 눈에 들어왔다. 그녀는 검은색 상복을 입고 하얀 무명천 머리핀을 하고 있었다.

사건은 종결되었지만 현장으로 향하는 우리의 걸음은 더욱 무거웠다. 스치듯이 그녀를 잠시 보았을 때 그녀의 눈에서 하염없이 눈물이 흐르고 있었다.

현장을 다시 둘러보고 나오니 그녀는 어느새 자리를 뜨고 없었다. 농로 옆 개천 변에 피다 만 나리꽃만이 세차게 내리는 비에 어지럽게 흔들리고 있었다. 그렇게 나의 첫 살인사건은 종결되었다.

매년 가정의 달인 5월만 되면 그날의 기억이 떠오른다. 세상에서 가장 소중한 이를 허망하게 보냈던 사람의 뒷모습이 잊히지 않는다. 공연히 그때가 떠오르면 어디선가 우는 듯한 빗소리가 들리는 것만 같다.

세찬 비를 이겨내고 시간이 지나 활짝 피었을 나리꽃처럼 힘들었을 유족들이 아픔을 딛고 굳세게 살아가길 기도한다.

❶ 범죄현장에 유류된 혈흔의 크기, 모양, 위치를 분석하여 혈액의 출발점과 움직임 등을 판단함으로써 범행 당시의 일련의 행위를 추정하기 위한 기법

제2장

과학수사는 마지막 장면에서
첫 장면을 찾아내는 모험

과학수사에서는 현장에서 실수가 절대 용납되지 않는다.
내가 저지른 실수 하나로 인하여 사건의 판도가
완전히 뒤바뀔 수도 있기 때문이다.
내 부주의로 나와 팀원의 안전을 보장받지 못할 수도 있다.
그러니 재차 확인하고 또 확인해야 한다.

나는 1832번째
대한민국 과학수사관입니다

'1832!'

이 숫자가 의미하는 것은? 바로 대한민국 경찰청 및 18개 시도청에 근무하고 있는 과학수사관의 숫자다(2024년 9월 기준).

전국 1832명의 과학수사관들이 하는 일은? 현장감식, 검시조사, 화재조사, 범죄분석, 폴리그래프 검사, 영상분석 등 다양한 분야에 걸쳐 있다. 오늘도 그들은 사건이 일어난 현장과 현장 밖의 또 다른 현장에서 최선을 다해 자신의 업무를 수행해내고 있다.

과학수사관은 이렇게 전국 곳곳에서, 다양한 일을 하고

있지만 목표는 단 하나다. 바로 '유효 증거 수집'.

공소 유지를 위한 객관적이고 과학적인 증거물을 채증해서 사건 해결을 위해 돕도록 하는 것이 우리의 가장 중요한 목표다.

장담컨대 우리는 대한민국에서 시신을 가장 많이 마주하는 사람들일 것이다. 어쩌면 장의사보다도 더 많은 시신을 만나는지도 모르겠다. 살인사건으로 신체가 손상된 시신, 꽃도 피워보기 전에 세상을 떠난 어린 친구들 그리고 열기 가득한 화재에서 빠져나오지 못해 형체도 알아보기 힘든 채로 사망한 사람들……. 보통 사람들은 평생 한 번 보기도 힘든 상황을 늘 마주하는 게 우리의 일이다.

게다가 시신은 단순히 생명이 사라진 존재가 아니다. 모든 시신에는 사망에 이르기까지의 안타까운 사연이 담겨있다. 과학수사관은 그러한 사연을 제대로 듣기 위해 혼신을 다해야 한다. 그래야 사건을 푸는 실마리를 찾을 수 있기 때문이다. 범인을 잡기 위해서이기도 하지만 그보다는 피해자의 억울함을 풀어주기 위해서다. 그래서 과학수사관은 자부심 없이는 버텨낼 수 없는 고된 직업이기도 하다.

그날은 추석 연휴의 마지막 날이었다. 긴 추석 연휴를 갈무리하고 가족들과 평안한 시간을 보내고 있을 그런 때에 부산 ○○동의 한 빌라에서 모녀 살인사건이 발생했다.

◇◇◇

그 집의 어린 막내아들은 정오가 넘어서야 잠에서 깼다. 자고 일어나 보니 엄마는 거실에서 피를 흘린 채 사망해 있었고, 누나는 방에서 상반신이 불에 그을린 상태로 사망해 있었다.

충격을 받은 아들은 힘겹게 옆집을 찾아갔고, 벌벌 떨며 우는 아이를 보고 놀란 이웃이 신고를 했다. 그렇게 이 사건은 우리에게 흘러들어왔다.

거실에서 사망한 모친은 목에 한 줄의 뚜렷한 선(끈 졸림)이 관찰됐고, 턱에는 자창(칼에 찔린 상처), 손가락에는 여러 개의 방어흔이 관찰됐다.

다른 방에서 시신으로 발견된 딸은 안면부에 많은 구타를 당했으며, 상반신이 이불에 덮인 채 불에 타 있었다. 사망한 상태로 종합해봤을 때 충분히 타살 가능성이 있어 보였다.

하지만 아직 확정된 것은 없었다. '도대체 누가? 왜? 어떻게?'에 대한 대답이 아무것도 나오지 않았다. 다만 머릿속에는 의구심이 계속 꼬리를 물고 이어졌다. 더욱이 추석 명절에 일어난 사건이다 보니 가족이나 친인척 간에 발생한 일일 수도 있다는 가능성까지 다양하게 고려해야 했다.

사건의 실마리는 피해자 휴대전화에 저장되어 있던 통화 녹음 기록에서 풀리기 시작했다. 녹음 기록을 통해 피의자가 특정되었다. 피의자는 같은 빌라에 거주하고 있는 것으로 확인되었다.

피의자는 모녀가 부재중이고 아들만 있는 집에 저녁 8시경 자신의 딸과 함께 피해자 집을 방문했다. 그리고 그 아들에게 감기에 좋은 차라며 종이컵에 도라지 차를 따라주고 마실 것을 종용했다.

거절을 못 한 아들이 차를 받아마셨고, 저녁 9시부터 그 다음 날 정오까지 15시간 이상 깊이 잠에 빠진 것이다.

저녁 10시 50분경, 피의자는 피해자에게 전화를 걸어 '난 지금 너희 집에 있고, 너희 아들과 내 딸은 같이 잠들어 있다'고 알렸다. 그리고 이삼 분 간격으로 집에 각각 도착한 모녀에게도 도라지 차를 마시게 했다.

그렇다면 피의자가 3명에게 도라지 물을 먹인 이유는 무엇이었을까?

그 당시 피의자는 생활고를 겪고 있었다. 평소에 금목걸이나 브랜드 팔찌를 착용하는 피해자를 눈여겨본 피의자가 금품을 갈취할 목적으로 수면제를 먹였을 것이다. 그리고 수면제에 취해 잠이 들자 목에 걸려 있는 금목걸이를 빼내는 과정에서 피해자가 깨어났고, 피의자에게 살해당했을 것이다.

그리고 거실에서 다투는 소리에 잠이 깬 딸도 밖으로 나왔다가 살해된 것으로 판단되었다. 아들과 달리 모녀는 도라지 물을 충분히 마시지 않았기 때문에 약물 효과가 상대적으로 덜해 둘만 잠에서 깼던 것으로 보였다.

그렇다면 피의자는 확실한 범인인가?

지금까지 추측해본 바로는 상당히 그럴듯하지만, 그런 방식의 확정은 불가능하다. 증거가 없다면 무죄니까. 이제 우리가 할 일은 단 하나였다. 범인이 남긴 흔적을 찾는 것!

현장감식만 40회, 투입된 과학수사관, 검시조사관, 프로파일러, 형사들까지 참여한 인력만 족히 30명이 넘었다. 현장감식이 40회라는 건 사건의 실마리를 위한 증거 찾기가 뜻대로 풀리지 않았다는 의미였다.

표면이 닦인 맥주캔과 식칼 등으로 미루어보면 피의자가 범행 후 자신의 흔적을 지운 것이 분명했다.

사망한 모녀와 유일한 생존자인 아들의 혈액과 소변에서 수면제 등 향정신성 약물 4종이 검출됐다. 그중 클로르프로마진[1]이라는 약물이 눈에 띄었다. 클로르프로마진은 정신분열증 환자 즉 조현병 환자에게 처방되는 약물로 아무나 처방받을 수 없는 약이었다.

처방받은 사람을 대상으로 전수 조사를 했다. 그 지역구에만 10명이 확인되었고, 피해자와 관련 있는 사람은 피의자가 유일했다. 그래도 피의자를 범인으로 확정하기엔 두 가지가 부족했다. 범행에 사용한 도라지 물이 묘연했고, 어떤 증거물에서도 피의자 DNA를 찾을 수 없다는 점이었다.

종이컵에 든 도라지 물을 마셨다는 아들의 진술에 의지해 종이컵을 찾으려고 다 뒤져보았지만, 어디서도 찾을 수 없었다. 그렇게 한 달 가까이 지나고 사건이 미궁 속으로 빠져들어 갈 때쯤이었다. 답답한 마음에 보고 또 들여다보던 현장 사진에서 무언가를 발견했다. 싱크대 설거지통 안에 들어 있는 고춧가루가 가득한 물이었다.

시간이 많이 지났으니 DNA는 사라졌겠지만, 약물은 검출 가능하지 않을까 하는 생각에 자리를 박차고 현장으로 뛰었다. 그리고 설거지통 안에 있는 물을 튜브에 조심스레 옮겨 담았다. 지푸라기라도 잡는 심정으로, 마지막 간절한 염원을 담아 국과수에 감정 의뢰를 맡겼다.

지하철을 타고 출근하는 길에 국과수 약독물감정실로부터 한 통의 전화가 걸려왔다.

"약독물감정실입니다. 보내주신 물에서 수면제 성분이 검출되었습니다."

그때는 기쁘다는 마음보다는 정말 다행이라는 안도감이 먼저 들었다.

그리고 얼마 후 불에 탄 이불에서 타액과 혈흔이 혼합된 부분이 발견됐고, 피해자 딸과 피의자의 DNA가 동시에 검출됐다.

수사 결과가 명백해지자, 딸의 방에 한 번도 들어간 적 없다던 피의자가 진술을 번복했다. 방을 구경하러 간 적은 있고, 얘기를 나누는 과정에서 본인의 침이 튄 것 같다고. 하지만 발견된 DNA는 그저 대화를 나누면서 비말(침)이 튄 정도의 DNA 양이 아니었다. 그의 진술은 거짓이었다.

프랑스 범죄학자 에드몬드 로카드의 '모든 접촉은 흔적을 남긴다'라는 고언이 진리라는 것을 한 번 더 절실하게 느끼는 순간이었다.

진실을 밝히려는 우리의 싸움은 아직 끝나지 않았다. 살인이라는 가장 무거운 죄명으로 사건이 검찰로 송치됐지만, 피의자는 객관적인 증거 앞에서도 진실을 털어놓지 않았다. 그렇다면 대법원까지 가는 길고 긴 재판이 시작되는 것은 필연적이다. 그리고 우리는 증거물로 싸워야만 한다.

내게 증인 출석이라는 또 다른 일이 주어졌다. 과학수사관으로 일을 시작한 이후 처음 해보는 증인 출석이었다. 만반의 준비를 해야 했다. 재판 과정에서도 죽은 피해자 모녀를 떠올리며 최선을 다해야 했다. 그렇게 나의 첫 증인 출석이 시작되었고, 끝나고 나서는 물에라도 빠졌다 나온 것처럼 와이셔츠가 푹 젖어 있었다.

재판이 끝나고 집으로 돌아갈 채비를 하는데 누군가 나

지막한 목소리로 나를 불렀다. 피해자의 모친이었다.

"애써주셔서 정말 고맙습니다."

그녀의 말에 가슴이 먹먹해져 왔다. 딸과 손녀를 한 번에 잃었으니 그 마음이 얼마나 비통할까 싶었다. 동시에 내 일에 대한 자부심도 다시금 느낄 수 있는 순간이었다.

다른 누군가를 위해 애쓸 때, 단 1%라도 범죄 해결에 도움이 되었을 때 무엇보다 큰 행복감을 느낀다. 그리고 이젠 그게 내 존재의 이유가 되었다.

오늘도 지하철을 타고 출근한다. 휴대전화는 몸에 안 좋다고 스스로 되뇌고 일부러 안 보려고 노력하지만, 어느새 범죄 기사를 찾아 읽는 나를 발견한다. 그렇다. 나는 1832번째 대한민국 과학수사관이다.

·

❶ 정신안정제의 하나. 연한 잿빛 결정 화합물로 주로 조현병과 조울증 따위를 치료하는데 쓰임

우리는 가장 어둡고 깊은
현장으로 잠수한다

머릿속이 맑지 않다. 승진 공부를 다시 시작한 지 일 년이 다 되어간다.

형사 업무를 할 때보다 물리적으로 책을 볼 시간도 많고, 사건 스트레스도 훨씬 적은데, 머릿속이 안갯속처럼 흐릿하기만 하다.

다시 시작한 승진 공부와 과학수사가 서로 궁합이 맞지 않는 건가? 아니면 이제 공부할 나이가 지난 건가? 또 아니면 승진책을 본다는 게 나랑 어울리지 않는 일인 건가?

생각은 많아지고, 눈의 초점은 책에서 점점 멀어져만 간다. 그래서 지난날의 나를 떠올리며 심기일전해보기로 다

짐한다.

그토록 하고 싶었던 과학수사의 기회가 오다

벌써 십 년도 훌쩍 지난 이야기다. 지능범죄수사팀에서 수사를 하던 시절, 나는 과학수사 사무실에 자주 들락거리면서 과학수사 업무를 자연스럽게 접하게 되었다. 그러면서 관심이 생겼고, 시간이 지날수록 평범한 관심을 넘어서고 있었다.

처음엔 고개를 흔들었다. 꿈 많은 청소년기라면 모를까, 30대 중반을 바라보는 나이에 새로운 일이라니. 그러기엔 늦어도 한참 늦은 나이였다. 이제 와 익숙한 일을 놓고, 생소한 일을 찾는다는 건 맨땅에 헤딩하는 거나 다름없는 무모한 일이었다.

그런데 언제부터였을까, 영화 속 CSI가 멋져 보였던 순간이었나? 아니면, '형님, 형님 나가시면 내가 그 자리로 갈까 봐요'라는 빈말을 습관적으로 던지던 그 시절이었나?

언제부터 시작되었는지 모를 과학수사에 대한 내 가슴앓이는 좀처럼 가실 기미가 보이지 않았다.

◇◇◇

본청 과학수사에서 과학수사대 창설을 목적으로 전국 과학수사관에게 지원자를 모집한다는 계획이 메신저로 하달되었다.

과학수사는 어둡고 잘 보이지 않는 곳에서 증거물이나 변사자를 수색 및 인양하고, 촬영을 하는 과학수사 전문 분야인 특수감식의 하나다.

당시 지능팀에 근무하던 나에게도 그 희소식이 전해졌고, 스멀스멀 비집고 나오던 과학수사에 대한 열망이 마침내 분출되기에 이르렀다.

운 좋게도 예전에 따놓은 스킨스쿠버 자격증이 빛을 발했다. 나는 과학수사관이 아니었음에도 스킨스쿠버 자격증이 있어 지원서 제출의 기회가 주어졌다. 그리고 마침내 최종 명단 12명에 이름을 올렸고, 과학수사대 창설 멤버로 당당히 선택되었다.

이듬해 4월, 뉴스 속보로 세월호 사건이 전해졌다. 전국의 과학수사관에게도 출동 대기 연락이 왔다. 드디어 나도 과학수사관의 일원으로 사람들에게 도움을 줄 수 있는 기회가 온 것이다. 가슴이 두근거리기 시작했다. 당장이라도 바닷속으로 뛰어들어 구조에 나서고 싶었다. 하지만 과학수사관으로 사람을 구하게 될 거라는 기대도 잠시, 사고위험과 훈련 부족을 이유로 출동은 취소되었다.

그리고 그 이후 내 마음은 며칠 동안이나 진도 팽목항을 떠나지 못했다. 거기서 조금이나마 나도 할 수 있는 일이 있었을 텐데, 그러지 못했다는 미련과 안타까움 때문이었을 것이다.

과학수사 입문기

그렇게 나는 과학수사의 꿈을 이루지 못한 채 전남을 떠나 전북에서 새롭게 업무를 시작했다.

여성청소년수사계(당시 성폭력수사팀)에서 6개월 남짓 근무하던 중인데, 내게 또 다른 기회가 찾아왔다. 기존에 경찰서에 있던 과학수사 업무를 지방청으로 통합하여 광역과학수사대를 창설한다는 소식이 내려온 것이다.

그리고 운 좋게도 과학수사관으로서 일말의 경험이라도 한 덕분에 광역과학수사대에 첫발을 내딛을 수 있었다.

광역과학수사에서 내가 맡은 업무는 현장감식 업무였다. 현장감식은 과학수사의 가장 기본이 되면서 가장 중요한 업무이기도 했다.

2인 1조로 범죄 현장에 임장하여 현장을 관찰해 증거물을 채취하는 일, 영화 속 CSI의 임무라고 생각하면 비슷할 것 같다.

하지만 30대 중반에 시작한 과학수사 업무는 내게 초보 농부가 잘못 고른 돌밭처럼 느껴졌다. 아무리 파도 깨부수기 힘든 돌밖에 안 나오는 것처럼, 업무를 하면 할수록 힘에 부치고, 일도 계속 늘어났다. 끝을 찾을 수 없는 정글 속에서 방향을 잃고 헤매는 심정이었다고 하면 이해가 될까? 게다가 업무에 대한 끊임없는 궁금증과 호기심은 나를 더욱 괴롭게 했다.

하지만 모든 건 시간이 해결해준다고 했던가! 현장에서 익히고, 대학원에서 체계적인 원리를 배우며 나름 과학수사관으로서의 모습을 갖추기 시작했다. 그러기까지 많은 시간이 걸렸지만, 그래야 터득할 수 있을 만큼 전문적인 분야라는 걸 새삼 실감했다.

그리고 어느 순간부터는 막연하게 느끼던 변사 현장에

서의 두려움도 없어졌다. 내가 현장에서 놓치는 증거가 있으면 변사자의 억울함이 계속 나를 따라다닐 거라는 생각을 했다. 그러다 보니 출동하는 현장이 어디든 긴장의 끈을 놓지 않을 수 있었다. 그러한 성장의 과정이 있었기에 언제 어느 곳이든 사건 현장이라면 육감까지 동원해 집요하고 세심하게 관찰하는 과학수사관이 되어갔는지도 모르겠다.

이제는 베테랑 과학수사관으로

2013년, 나는 다시 과학수사 업무를 맡게 됐다. 세월호 사건 당시 내 손으로 사람을 구할 수 없었다는 죄책감과 미련을 덜어낼 수 있는 기회가 주어진 것이다.

그리고 나는 그때부터 지금까지 물속에서의 증거물 찾기, 변사자 인양, 촬영 등의 목적을 수행하기 위해 100번 이상의 현장에 투입되었다.

현장은 언제나 숨 가쁘다. 여차하면 베테랑인 과학수사관마저도 순식간에 목숨을 잃을 수 있는 수많은 위험이 도사린 곳이기 때문이다. 2024년 4월 전북 ○○ 실종사건이 그랬다.

실종자 수색 중 수문에 빨려 들어가 나오지 못하는 시신

내가 현장에서 놓치는 증거가 있으면
변사자의 억울함이 계속 나를 따라다닐 거라는 생각을 했다.

을 인양해야 했으나, 위험 때문에 소방에서 섣불리 움직이지 못하는 상황이었다. 과학수사대가 먼저 투입해 인양하기로 결정되었다. 드라이 슈트를 입고 만반의 준비를 했다.

소방보트를 타고 수문에 접근하니 다가갈수록 수압이 거세게 느껴졌다. 위험을 감지하자 본능적으로 긴장된 몸이 더욱 경직되어 갔다. 두려움이 수압만큼이나 옥죄어 오는 기분이었다. 그렇다고 실종자의 시신을 그대로 방치할 수는 없는 노릇이었다.

결단 끝에 팀장과 단둘이 현장에 입수하여 사망한 실종자를 인양하기로 했다. 30에서 40kg의 무거운 장비를 메고 강한 수압까지 견뎌내야 하는 일이라 조금도 방심할 수 없었다. 각고의 노력 끝에 다행히 시신을 끌어올려 대기 중인 과학수사팀에 인계할 수 있었다.

물속에서 나와 거칠게 숨을 헐떡거리는데, 실종자의 가족과 눈이 마주쳤다. 이제는 유족이 되어버린 어머니께서 흐느껴 우시면서도 내게 고맙다는 말을 잊지 않았다.

하지만 나는 차마 고개를 들지 못했다. 늘 그렇듯 생명을 살리지 못했다는 미안함과 자책감 때문이었을 것이다. 과학수사대는 현장에서 생명을 살리지 못하는 일이라는 걸 알면서도 어쩔 수 없었다.

◇ ◇ ◇

과학수사에 입문해 베테랑 과학수사관이 되기까지 더듬
듯이 되짚어보니 다시 열정이 끓어오른다. 아직 끝나지 않
았다! 40대 후반, 아저씨, 꼰대, 철없는 남편, 부족한 아빠,
바쁜 아들이란 타이틀이 가득하지만 '열정 있는 과학수사
관'이라는 타이틀만은 여전히 지켜내고 싶다. 물끄러미 구
겨진 승진책을 바라본다.

승진 공부에 지친 나의 변명처럼 '나에겐 맞지 않은 책이
야'라는 마음의 소리가 들려온다.

아직도 과학수사에 대해 배울 게 많이 남아 있다. 1년 가
까이 준비한 승진시험 공부를 내려놓는 마음으로, 다시 책
장을 덮는다. 그리고 과학수사 책을 펼쳐본다. 열정의 과학
수사관을 꿈꾸며!

그녀의 직업은
검시조사관입니다

집을 나서는 그녀의 복장은 화사하고 단정합니다.

출근길, 그녀를 보고 엘리베이터에 함께 탄 이웃이 종종 이렇게 묻습니다.

"교직에 계세요, 아니면 공무원이세요?"

그녀는 그런 이웃의 질문에 말없이 미소로 답할 뿐입니다.

그녀는 출근하며 생각합니다. 오늘은 어떤 하루가 될까? 오늘은 또 누구를 만나게 될까? 어떤 죽음의 사연과 마주하게 될까?

그리고 그녀가 사무실에 도착하면 어느새 복장은 머리부터 발끝까지 온통 무채색으로 바뀝니다.

그녀는 왜 그러는 걸까요?

그녀의 직업은 검시조사관입니다.

18년 전, 그녀가 처음 검시조사관으로 이직하게 되었을 때, 응급전문대학원에서 함께 공부한 수간호사 선배는 이렇게 말했습니다.

"만나면 잘 가시라고 인사해드려."

그때, 그녀는 그 말이 무슨 말인지 몰랐습니다.

처음에는 신속, 정확이 우선이었습니다. 어떻게 하면 실수 없이 해낼 수 있을까? 어떻게 해야 빠르고 정확하게 잘 해 낼 수 있을까?

대학병원 응급의료센터에서 일하는 동안 생명을 살리기 위해 분초를 다투며 사투를 벌이던 간호사 시절의 습관 때문이었습니다. 그리고 시간이 지난 지금에서야 그녀는 선배의 말이 어떤 의미인지 알게 되었습니다.

◇ ◇ ◇

현장에서 만나는 변사자들은 저마다 다른 표정들을 하고

있습니다.

세상에 찌들고, 삶에 지치고 그리고 고통에 힘겨워하는. 그런 그들의 모습을 만나게 될 때면 그녀는 먼저 그들을 향해 진심 어린 위로를 보내고, 정중한 작별 인사를 드립니다.

그동안 고생 많으셨다고, 이제는 편히 가시라고.

그리고 그녀는 늘 기억하려고 합니다. 한때는 변사자들도 누군가의 사랑하는 가족이었고, 없어서는 안 될 소중한 존재였을 거라는 걸.

그래서 늘 다짐하고는 합니다. 어느 누구라도 그 존재만으로 존중받을 가치가 있고, 그래서 마지막 가는 길은 따뜻해야 한다고.

그렇게 그녀는 늘 마음속으로 예의를 갖추고 존중을 담아 만나는 변사자들과 작별 인사를 나눕니다.

이렇게 매일 마주치는 죽음이지만, 감당할 수 없을 정도로 몰아치는 슬픔이 찾아올 때가 있습니다.

그날은 관내에 접수된 변사사건이 유독 많은 당직 날이었습니다. 바쁘게 이리 뛰고 저리 뛰던 중에 그녀는 한 변사자를 만나게 되었습니다.

삶을 살았다고 하기에는 너무도 짧은 나이. 4살, 아직 너무 어린 남자아이였습니다. 사망의 원인은 익사.

추석 명절, 아이는 부모님을 따라 할아버지 댁에 방문했습니다. 아이의 아빠는 추석을 부모님과 보내기 위해 집에서 한밤중에 출발했고, 고향인 시골집에는 새벽 5시에 도착합니다. 여전히 밖은 어스름한 시간이었습니다.

아이들이 뒷좌석에 곤히 잠들어 있는 걸 확인한 아이의 부모는 부모님께 드리려고 한아름 가져온 선물들을 조용히 날랐습니다. 행여나 아이들이 깰까 조심하면서요.

그사이 잠에서 깨어난 아이가 차 밖으로 나오게 되었고, 물이 가득 괴어 있는 웅덩이에 빠졌다가 나오지 못하고 그만 죽게 된 것이었습니다.

주차장 공터에는 오래전 운영되다가 폐쇄된 단무지 공장이 있었고, 단무지를 절이기 위한 약 2미터 깊이의 웅덩이가 개방된 상태 그대로 노출되어 장기간 내린 눈과 비로 물이 가득 찬 상태였습니다.

그리고 아이가 그 웅덩이 물에 뜬 채로 발견되었습니다.

검시를 위해 손에 들었던 카메라의 렌즈에 어느새 눈물

이 맺힙니다.

흐르는 눈물을 들킬세라 그녀는 동료와 눈도 마주치지 못한 채 내내 고개를 숙이고 검시를 합니다.

세상에 어느 죽음도 안타깝지 않은 죽음은 없습니다. 그리고 그녀는 직업상의 이유로 늘 그런 죽음들과 함께합니다. 하지만 준비된 죽음보다 더 비극적이고 슬픈 건 예기치 못한 사고로 발생하는 죽음입니다.

이처럼 너무나 짧은 삶을 산 어린아이의 죽음을 마주할 때는 그녀의 마음은 더욱 무겁고 침통합니다.

만약 웅덩이만 없었더라면, 미리 웅덩이를 메꾸는 예방만 했더라면, 그 아이는 할아버지와 할머니 품에 안겨 명절의 즐거운 시간을 함께 보낼 수도 있었을 겁니다.

그 아이의 부모는 한 해 한 해 아이가 커가는 모습도 볼 수 있었을 거고, 장성한 아들의 손을 잡고 결혼식장에도 들어갈 수 있었을 겁니다.

대신, 그녀가 아이의 손을 꼭 잡습니다.

차가운 아이의 시신에 따뜻한 온기와 함께 인사를 보내기 위해.

"잘 가렴, 다음 생에는 오래오래 행복하게 살기를."

그녀가 이제 퇴근을 준비합니다.

그리고 하루를 반추합니다.

혹시 현장에서 놓친 부분은 없는지, 다음 사건에서는 뭘 더 주의해야 하는지를. 그리고 바라봅니다.

큰 사건 사고가 없이 국민이 안전하고 평안한 일상을 보내기를.

그녀는 출근길에 입었던 화사하고 단정한 차림으로 발걸음을 옮깁니다.

그녀는 검시조사관입니다.

가슴은 따뜻하고 머리는 차가워야 하는.

지나놓고 보니
참 뜨겁고 무더웠던

40년을 과학수사관으로 근무했다. 돌아보면 참 길고도 긴 시간이다.

그리고 이제 나는 정년퇴직을 앞두고 제2의 인생을 준비 중이다.

오랜 시간 동안 숱한 사건들을 처리했지만, 그중에서도 과학수사관의 일원으로서 함께할 수 있었기에 더욱 잊지 못할 사건이 있다.

지금 생각해보면 어떻게 해냈을까 싶기도 한데, 밤을 꼬박 새우는 건 다반사였고, 하루 세끼를 다 챙겨 먹는 건 상상도 할 수 없을 만큼 강행군을 이어가야 했던 사건이었다.

맡은 업무를 마치고 복귀하는 날은 혀가 갈라지고 부어서 아예 말을 한마디도 할 수 없을 지경이었다. 그 정도로 힘들었고 부담감도 컸지만, 그럼에도 책임과 열정을 다했던 사건이기도 했다.

그게 벌써 10년 전인데도 어제 일처럼 생생한 건, 그만큼 혼신의 힘을 다했기 때문일 것이다.

◇◇◇

2015년 12월 20일, 하필이면 오랜만에 누려보는 휴일에 전화벨이 요란하게 울리기 시작했다.

뭔지 모르지만 다급하고, 심각할 거라는 불길한 느낌이 스멀스멀 목덜미를 타고 올라왔다. 하필이면 휴일에……

아니나 다를까, 전화 속 누군가가 다급하게 내 여권 기간을 묻는다.

대답할 틈도 없이 용건이 이어졌다. 필리핀에서 한국 교민 피살사건이 발생했는데 파견을 가야 한다는 것이다.

내가 경찰청에 입사한 1986년 이후로 우리나라 경찰이 외국에서 발생한 사건과 관련해 현지에서 수사 활동을 하는 것은 처음이었다.

그 역사적인 순간에 CCTV 영상분석 과학수사관으로 함께하게 된 것이다. '하필이면'이라는 불만이 극적으로 반가움과 감사함으로 바뀌었다.

국립과학수사연구원 총기박사 김동환, 서울경찰청 현장감식 경위 김진수, 서울경찰청 범죄분석 경사 이상경, 경찰청 CCTV 영상분석 행정관 김희정인 나까지 이렇게 4명이 차출되었다.

갑작스럽게 떠나는 상황이라 항공권 구하기가 어려워 애를 먹었던 기억이 새록새록 떠오른다.

출발 시각이 저녁 7시쯤이었다. 오후 늦은 시간에 공항에 도착했는데, 어떻게 알았는지 수십 명의 기자들이 몰려들었다. 우리가 움직일 때마다 연신 터지는 카메라 후레시는 처음 겪어보는 상황이었다. 당황스러우면서도 마음은 점점 비장해지고 있었다.

그 당시 필리핀에서는 교민이 해마다 10여 명씩 피살될 정도로 치안 상황이 좋지 않았다. 사건이 발생해도 현실적으로 경찰이 바로 출동할 수 없는 구조였다. 차량 주유비를 담당 경찰관이 직접 지불해야 한다고 했다. 당연히 증거를 확보해도 제대로 수사가 진행될 리 없었다.

그러다 보니 필리핀이란 타국 땅에서 교민 살해사건이 발생할 때마다 우리 교민들은 불안과 공포에 떨어야 했다. 필리핀에서 발생한 한인 대상 강력범죄 해결에 우리 수사 전문가가 직접 나서게 된 것은 사건 발생 한 달 전 당시 경찰청장님이 필리핀을 직접 방문해 필리핀 치안 당국과 합의한 데 따른 것이었다.

4시간 30분 정도를 날아가 필리핀에 도착했다.

도착해서 들른 사건 관할 파출소의 환경은 우리나라에선 상상할 수 없을 정도로 열악했다. 가장 기본적인 공간인 화장실만 해도 그랬다. 변기가 양변기였지만 시멘트의 거칠거칠한 느낌이 그대로 느껴져 앉을 수가 없을 정도였다. 뚜껑은 처음부터 있지도 않았던 것 같았다.

도로를 걸을 때면 큰 소리만 나도 뒤돌아보게 되고 어디선가 총알이 날아올 것 같은 불안감에 머리가 쭈뼛거리기까지 했다.

그 당시, 필리핀은 돈만 주면 얼마든지 총을 구할 수 있었다. 쉽게 총을 소지할 수 있다보니 처음에는 말싸움으로 시작했다가도 조금 격해지면 살인으로 이어지는 일이 종종 있었다. 우리로서는 상상도 할 수 없는 일이었다.

경찰서로 이동해 필리핀 경찰관들과 사건에 대해 회의를 시작했다. 대한민국 경찰과 필리핀 경찰이 공조수사를 시작하는 역사적인 순간이었다. 내가 파견된 그때의 사건은 2015년, 필리핀에서 피살된 한국인 11번째 사건이었다.

◇ ◇ ◇

2015년 12일 20일 새벽 1시 30분경.

필리핀에 거주하는 한국 국적의 조 아무개 씨(56세, 남)가 주거지인 바탕가스주 말바르시 외곽 건설 현장 내 숙소에서 동거녀(필리핀, 29세)와 아들(11개월), 유모(필리핀)와 함께 잠을 자던 중 불상의 남자 4명의 침입을 받게 되었고, 그들 중 한 명이 발사한 총에 맞아 숨진 사건이었다. 현장에는 총격의 흔적으로 벽면에 피가 파편처럼 튀어 있었다.

현지 경찰관에게 설명을 듣고 있으려니, 총격 속에 함께 있던 피해자들이 느꼈을 공포가 고스란히 전해져왔다.

단서를 찾기 위해 주변을 수색하던 중 사건 현장 근처 공장 외벽에 설치되어 있는 CCTV를 발견했다.

CCTV 영상 속에서는 사건 발생 시간 전 공장 앞을 지나던 차량이 유턴해 사건 현장 방향으로 돌아오고 있었다. 워낙 화질이 안 좋고 원거리 촬영에다 흑백 영상이어서 번호판은 거의 보이지 않았다. 차종이라도 파악해보려고 특징을 분석해보니 현대자동차 ○○ 모델로 추정되었다. 그나마 확정된 차종은 사건 해결의 첫 실마리가 되었다.

사건 현장 주변은 말바시를 관통하는 주도로와 연결되는 이면도로에 접해 있었다. 범행 차량이 범행을 저지르고 주도로를 빠져나갔을 것으로 추정했다.

접해 있는 모든 고속도로와 주도로의 톨게이트 CCTV 영상을 백업받기로 했다. 당시만 해도 필리핀 경찰 측은 변변한 외장하드 하나 없었다. 인터넷마저 느려도 너무 느렸다. 우리가 준비해간 외장하드와 USB로 거의 하루 반나절 백업을 받았다.

하지만 사실 CCTV 영상을 백업받을 때만 해도 차량으로 단서를 잡으리라곤 상상조차 하지 못했다. 겨우 차종만 아는 상황이었기 때문이다.

다른 증거 자료 수집을 위해 가능한 많은 곳을 다니다보니 금세 지치기 일쑤였다. 필리핀 경찰과의 공조 업무를 마치고 숙소로 돌아왔을 때는 기진맥진한 상태였다. 그렇다고 그대로 드러누울 수 있는 상황이 아니었다.

파견된 수사관 4명과 경찰청에서 지원 나온 1명까지 모두 백업을 받아온 영상을 보기 위해 한방에 모였다. 많은 분량의 영상이었다. 온 신경을 곤두세우고 배당된 영상을 매의 눈으로 들여다보기 시작했다. 특정된 차량이 지나가는 장면을 찾으려는 목적이었다.

침묵 속에서 얼마나 시간이 흘렀을까, 갑자기 한 수사관이 소리를 질렀다.

"○○이다!"

산타토마스의 톨게이트를 통과하는 영상 속에 ○○ 차량이 지나가는 장면을 발견한 것이다. 그저 차량을 발견했을 뿐인데도, 그 놀라움은 감격에 겨워 거의 실신할 정도였다.

하지만 우리는 그 차량이 범행 차량일 거라고는 기대하지 않았다. 이 열악한 상황에도 불구하고 비슷한 차량을 발견할 수 있었다는 사실만으로도 충분히 감격스러웠던 것이다.

하지만 우리는 곧 차량의 측면에 선명하게 분홍색 띠 모양이 둘러져 있는 걸 발견했고, 그 차량이 범행 차량임을 알게 되었다. 우린 서로 무슨 말을 해야 할지 몰랐다. 이건 기적이나 마찬가지였다.

이런 기적 같은 성과의 이면에는 차마 눈물 없이는 들을 수 없는 팀원들의 고생담이 쌓여 있었다. 12월 겨울에 갑자기 무덥고 습한 나라로 떠나게 된 데다 정신없이 준비해서 간 터라 미처 신발을 갈아 신지도 못했다. 안에 털이 들어 있는 겨울 신발을 신고 다녔는데, 땀이 배어나와 걸을 때마다 찌걱거리는 소리가 들릴 정도였다.

범죄 해결만 생각하던 차라 슬리퍼를 구해 신을 시간도, 그럴 마음의 여유도 없었다. 장거리 이동으로 대부분 차 안에 있어야 했고, 식사 시간에 맞춰 끼니를 때운 때가 거의 없었다. 일하다 보면 식사 시간이 어느새 한참이나 지나 있었다. 주로 햄버거로 점심을 때우며 사건 현장을 정신없이 뛰어다녔던 시간들이었다.

그런 고생들이 이 '기적의 힘' 하나로 다 보상받은 것처럼 느껴졌다. 포기하지 않고 하나의 단서라도 잡으려고 했던 노력과 고생들이 빛을 발하는 순간이었다.

일단 자고 내일 차량 번호 특정을 하자는 말이 귀에 들어오지 않았다. 밤을 새며 차량 번호 판독을 마쳤다. 일하는 동안 그렇게 신이 났던 적이 또 있었을까?

법 영상 프로그램을 이용해 동영상을 이미지로 분할하고 번호판을 평면화시켜 선명하게 만드는 작업 등을 진행했다.

다음 날, 차량 번호를 필리핀 경찰 측에 넘기고 상황을 설명해주었다. 필리핀 경찰들은 그게 어떻게 가능한지 신기해하며 우리의 수사업무 능력에 놀라워했다. 아직도 혀를 내두르는 필리핀 경찰관들의 표정이 선명하게 기억난다. 지금 생각해보면 그때 스스로도 너무 자랑스러워 막 뻐기고 싶기도 했던 것 같다.

그 뒤로 우리나라 수사관들은 여러 차례에 걸쳐 필리핀으로 CCTV 영상분석 등 과학수사 업무에 대해 전수해주러 다녀오기도 했다.

◇ ◇ ◇

필리핀 파견 마지막 날, 처음으로 우리는 여유로운 저녁 식사 시간을 가질 수 있었다.

아무런 실마리도 보이지 않았던 암담한 상황이었지만
포기하지 않고 범인이 남긴 흔적을 찾기 위해
혼신을 다했던 시간들이다.

우리를 자랑스러워하고, 든든하다고 말해주는 교민들을 보며 내가 한국 과학수사관인 것이 너무 자랑스러웠다.

12월 25일 크리스마스 날 새벽에 인천공항에 도착했고, 기자들의 뜨거운 환영을 받았다. 머무는 내내 긴박하게 전개되었던 수사를 마치고 맞이한 크리스마스. 평생 잊지 못할 3박 4일의 파견근무였다.

함께했던 과학수사팀 세 명은 따로 팀명을 지었다.

'드림팀'

그리고 두 달 뒤 2016년 2월 22일, 우리 드림팀은 또다시 발생한 한국인 피살사건 때문에 필리핀에 재파견되었다. 드림팀은 과학수사관으로서의 실력(법의학, 현장감식, 범죄분석, CCTV분석)과 열정으로 신고접수 4일 만에 살인사건의 유력한 용의자를 검거하는 쾌거를 이루었다. 4일 만에 용의자가 검거된 경우는 최초라고 했다.

이전의 성과가 그저 운이 아니라 실력이라는 걸 당당하게 입증하면서 CCTV 분석과 현장감식 등 한국의 과학수사 역량을 높이 평가받았다. 그리하여 한국과 필리핀 경찰 간의 긴밀한 협력관계를 재확인하는 계기도 되었다.

과학수사는 단순히 추리만 해서 가능한 수사가 아니다. 눈에 보이지 않는 증거들 속에서 진실을 밝혀내는 작업이다.

과학수사관은 실낱같은 단서라도 찾기 위해 사소한 깃 하나라도 놓치지 않으려고 애쓴다. 자동차 번호판의 숫자 하나만 특정되어도 수백 대 수천 대의 차량을 뒤지기도 한다.

노력 없이 얻을 수 있는 것은 없다. 그 사건 현장에 있었던 때가 10년이 되어 가는데도 바로 어제 일처럼 생생하다. 아무런 실마리도 보이지 않았던 암담한 상황이었지만 포기하지 않고 범인이 남긴 흔적을 찾기 위해 혼신을 다했던 시간들. 그 시간들은 나의 삶에 천천히 녹아들어 퇴직 후 나의 인생 2막도 멋진 시간을 만들어줄 것이라 기대한다.

범죄자의 내면을 통과해
세상을 본다는 건

범죄자와 마주 앉기

"헉, 프로파일러라고요? 그럼 살인범도 직접 만나는 거예요? 무섭지 않아요?"

직업상 자주 듣게 되는 질문들이다.

대답부터 하자면, 프로파일러로서 당연히 살인범을 자주 만난다. 그렇다고 무섭지는 않다. 내가 담대하다거나 직업 정신이 투철해서가 아니다. 그들이 생각처럼 무서운 사람들이 아니기 때문이다.

어떤 순간에는 잔인하고 공격적인 행동을 했겠지만, 나와 면담하는 순간까지 그런 모습을 보이는 범죄자는 없다. 말하자면 그들의 모든 순간이 악으로 점철되어 있지는 않다.

많은 사람들은 범죄자에게도 복잡한 삶이 있다는 사실에 혼란을 느끼는 것 같다. 이해하지 못힐 바는 아니다. 타인을 단순하게 평가하는 것은 쉽고, 직관적으로 판단하는 일도 다반사다. 반면 타인의 삶을 켜켜이 이해하려는 시도는 많은 인지적 자원을 요구한다. 나 또한 실제로 범죄자들을 만나기 전까지는 그런 사실을 알지 못했다.

그들의 생애를 처음부터 훑어 나가는 일을 업으로 삼지 않았더라면 평생 몰랐을 것이다. 그들의 삶 또한 한 권의 책과 같으며, 범행은 그 책의 한 페이지에 불과하다는 것을. 페이지를 앞뒤로 넘기면 그의 복잡다단한 면이 빼곡히 적혀 있다는 것을.

◇ ◇ ◇

범죄자를 처음 만나게 된 것은 경찰 입직 전, 대학원생 때였다. 범죄심리사 자격 수련을 위해 소년범을 면담하고 재범 위험성을 평가하는 일을 하게 되었다. 비정기적으로 경찰서의 연락을 받고 가면 되는 일인데, 우습게도 이십 대

중반의 나는 소년범을 만나는 것이 두려워 경찰서에서 걸려 오는 전화를 받지 못했다.

나이 차이가 얼마 안 나는 소년범이 나를 만만하게 보면 어떡하지, 면담을 거부하면 어떡하지, 화를 내면 어떡하지……. 막연한 불안감에 휩싸였다.

전화 걸기에 지친 경찰관이 문자까지 보내는 지경에 이르자 더는 회피할 수 없다는 생각이 들었다. 피의자보다 연락이 안 되는 심리전문가라니, 체포할 수도 없고……. 지금 생각하면 그 경찰관도 참 난감했을 것이다.

결국 첫 면담을 하러 경찰서에 가고야 말았다. 티 나지 않게 심호흡을 하고서야 마주한 그 소년범은 어라, 아주 싹싹했다. 마주 앉아 한참 동안 얘기를 하며 범행을 할 수밖에 없었던 사정을 듣고 있자니 딱하고 안쓰럽기도 했다.

내가 자신을 어떻게 평가할지 부담을 느끼는 것 같았고, 면담에는 아주 협조적이었다. 가끔 눈물을 보이기까지 했다. 며칠 동안 불안해했던 게 머쓱해졌다.

무사히 면담을 마치고 소년범의 안타까운 사정을 고려해 재범 위험성을 낮게 평가한 보고서를 슈퍼바이저에게 전송했다.

보고서를 받아본 슈퍼바이저는 재범 위험성을 낮게 평가한 이유를 물었다.

이 소년범은 이러저러한 사정 때문에 어쩔 수 없이 범행에 이르게 되었다고 설명하다가 깨달았다.

'사정없는 범죄자가 어디 있겠는가?'

범죄자를 일종의 괴물처럼 생각했다가 실제로 대면하니 그렇지 않다는 것을 알게 되어 반작용으로 너무 선심을 써버린 초보적인 실수를 저지른 것이었다. 누군가를 몹시 나쁘거나 너무 불쌍하게 여기는, 전형적인 타자화의 기제를 내 안에서 발견하고 오랫동안 부끄러웠다.

그 뒤로도 마음속 무게 추가 크게 흔들리는 경험을 몇 번 더 하고 나서야 균형을 잡아가고 있다. 이제는 조마조마했던 초심을 지나 단단해진 굳은살로 중심을 잡아가고 있다. 돌이켜보건대 지금의 나라면 그 소년범을 더 엄격하게 평가했을 것이다.

한편으로 그는 더 나은 선택을 할 수 있었던 존재라는 것을 믿는다. 같은 어려움을 겪으면서도 바르게 살아가려고 노력하는 다른 사람들처럼. 그러나 사람은 어려움을 겪으면 약해지게 마련이다. 힘든 환경일수록 그런 확률은 더욱 높아질

테니, 범죄를 온전히 개인만의 책임이라고 할 수는 없다.

◇◇◇

『불행은 어떻게 질병으로 이어지는가』의 저자 네이딘 버크 해리스는 소아과 의사로 샌프란시스코 내의 저소득 지역에서 진료하며 어린 환자들이 겪는 트라우마와 스트레스를 목격했다. 그리고 공중보건 측면에서 아동기의 부정적 경험이 신체 건강뿐 아니라 충동성과 폭력성까지 미치는 악영향을 기술했다.

그에 따르면 캔자스 시티에서 총기 부상을 당한 소아의 의료 차트를 검토하니 그 짧은 삶의 궤적들이 너무나도 유사했다고 한다. 온몸에 멍이 발견되거나 필수 예방접종을 하지 않는 등 학대를 당한 것으로 추정되는 아동이 성장하여 유치원에서는 공격적 행동을 하다 ADHD 진단을 받고, 학교에서도 적응하지 못해 문제 행동을 보이다가 총격을 당하는 것이 전형적인 총기 피해 사례라는 것이다.

마찬가지로 나도 불행이 범죄로 이어지는 과정을 목격하고 기록한다. 범죄자와의 면담을 통해 앞으로 되짚어가다

보면, 그가 평생 겪어온 고난과 결핍을 발견하게 된다.

"제가…… 살 가치가 있나요?"

몇 시간 이어진 긴 면담을 마무리하려 하자 피의자가 질문을 던졌다. 이런 폐쇄형 질문은 반갑지 않았다. 살인범은 살아야 하나, 죽어야 하나? 어떤 답도 쉽지 않다.

그는 신발 뒤축을 질질 끌 듯 말을 덧붙였다.

"사람을 죽였는데 제가…… 살아도 되는 건가요. 사형 같은 걸 받거나 그럴 수는 없는지……."

살아야 된다는 말을 간절하게 듣고 싶어 하는 사람 같았다. 질문이 아니라 애원이었다. 그의 삶은 내내 가해와 피해로 뒤엉켜 있었다. 평범할 수 있었던 개인이 '악한 범죄자'가 되는 사회적 맥락을 그대로 겪어냈다.

가정폭력이 없었다면, 아픈 가족이 없었다면, 팬데믹이 없었다면, 그 순간이 없었다면……. 그러나 그의 죄는 너무 커서 그 호소에 쉽게 응해줄 수가 없었다.

◇ ◇ ◇

결국 그에게 제대로 된 대답을 하지 못하고 이 글을 쓴다. 범죄자 개인에게 어떤 위로를 건네지는 못했지만, 범죄자의 내면을 통해 사회를 마주하는 사람으로서 내 경험에 대한 책임을 이렇게나마 기록하고자 한다.

범죄자를 개별적으로 악한 존재로 치부하면 그를 수감하는 것에 그치지만, 사회적으로 소외됐던 존재로 인식하면 제도의 개선을 통해 많은 범죄를 예방할 수 있다. 경찰관으로서의 소명으로, 모두의 안전을 위해 그의 안녕을 바란다.

모든 사람은 대부분의 일상을 살아가다가 때로는 멋진 일을 해내고 때로는 욱하거나 비굴하게 군다. 그 순간을 법적 언어로 재구성하면 평범한 삶은 지워지고 극단적 범죄만 남기 쉽지만, 그런 단면적인 해석은 본질을 가린다.

'그렇게 훌륭한 사람이 어떻게 이런 나쁜 짓을 할 수 있냐'는 질문이나 '멈출 수 없었던 악마의 삶' 같은 자조는 공허하다.

'타인은 단순하게 나쁜 사람이고 나는 복잡하게 좋은 것이 아니라, 우리 모두가 대체로 복잡하게 나쁜 사람'이라는 신형철 평론가의 문장을 건넨다.

'나쁜 사람'들을 만나며 내가 확실히 알게 된 것은 이것뿐이다. 범죄자도 한 명의 복잡한 인간이다.

판사와 마주 앉기

"양심에 따라 숨김과 보탬이 없이 사실 그대로 말하고 만일 거짓이 있으면 위증의 벌을 받기로 맹세합니다."

증언대에 서서 오른손을 들고 낯선 문장을 읽는다.

거짓말하지 말라는 지시를 '숨김과 보탬 없이'라고 표현하는 게 마음에 든다. 흔히들 생각하는 거짓말은 '보탬', 즉 작화 형태의 적극적 거짓말이다. 그러나 현장에서 훨씬 많이 발견되는 거짓말은 '숨김', 즉 회피와 생략이다.

모순을 만들지 않으려면 말을 아끼는 것이 훨씬 쉽고 유리할 테다. 한 문장에 불과한 증인 선서를 읽으면서도 진실과 거짓에 대한 타령을 하다니. 진술 분석 때문에 법원에 소환된 인간답달까.

경찰서에서 나는 숨김과 보탬을 찾아내는 사람이었다가, 법원에 오니 숨기지도 보태지도 않겠다고 맹세하는 사람이 되었다. 피의자에게는 거짓말이 허용되지만 내게는 사실만을 말해야 하는 의무가 있다.

나는 이 결연한 의무가 마음에 든다. 증언대가 아니더라도 이 맹세를 읊고 다니고 싶을 정도로. 프로파일러로서 확실한 물증 없는 사건을 분석해야 한다고 생각했다. 불확실한 사건에서 심리학이 중요한 역할을 해주리라 믿었다. 그 과정은 답지 없는 문제집을 푸는 것처럼 어려웠다.

◇ ◇ ◇

빨간 펜을 든 선생님이 찾아오듯 판결의 날은 다가온다. 사실 법관은 채점하는 자가 아니라 같이 문제를 푸는 사람이기에 나를 부르는 것이겠지만, 거짓을 말하면 벌을 받겠다고 맹세하고 나자 마치 내가 심판대에 오른 기분이 되어버린다. 판사와 마주 앉은 것은 나다.

하지만 나는 이런 날을 준비해왔다. 주요 사건은 공판 일정을 챙겨 참관해 쟁점을 파악해 두고 판결문을 확인했다. 전문성을 함양하려 박사 공부도 하고, 다양한 교육을 받고 많은 사건을 분석했다. 최대한 객관적 근거를 담아 분석 결론을 내렸다.

범죄자의 심리를 이해하려 노력하지만, 그들 또한 더 나은 선택을 할 수 있었던 존재라는 것을 믿기에 오히려 책임의 무게를 정확하게 잰다. 피해자의 편도 아니다. 그저 가장 진실에 가까운 것을 추구할 뿐이다.

한 살인사건 공판에서 담당 형사가 참관해 증인 신문을 지켜보고는 '변호사들이 윤 부장님 억쑤루 공구대예'라고 농담처럼 말한 적이 있다.

"공구는 게 뭐예요?"

"공군다! 모르네예? 갈군다 이런 뜻입니더."

"갈구는 건 줄 몰랐네요!"

변호인의 질문은 때론 날카롭고 때론 무례하다. 어떤 질문을 받더라도 변호 전략이려니 한다.

아, 한 번은 아주 당혹스러운 질문이 있었다.

"○○라는 직업을 가진 피해자가 즉시 저항하지 않았는데, 이건 비상식적인 행동 아닌가요?"

강간이야말로 가장 비상식적인 행위인데 왜 피해자에게서 상식을 찾는 걸까.

Rape Shield Law(강간 피해자 보호법)가 있는 미국의 법정에서는 할 수 없었을 질문이다.

내게도 불편한 이 질문은 피해자에게 어떻게 가닿을까?

증언을 하며 오랜만에 피고인을 본다. 경찰서에서 봤던 것과는 조금 달라진 모습이다.

그의 면전에서 내 보고서를 스크린에 띄운 채 높이 앉은

판사를 보며 오래 지난 사건에 관해 얘기하는 것은 몇 번을 해도 어렵다.

짧게는 일 년에서 길게는 삼 년 넘도록 소송이 진행되기도 한다. 내내 피고인은 미결의 시간을 살았을 것이다.

'나는 유죄일까?'

미결의 시간은 피해자에게 더욱 고통스러울 것이다. 그렇기에 지은 죄가 있다면 피고인은 충분히 고통스러운 삶을 살아야 한다.

내 피해를 이해하는 처벌이 나올까? 피고인의 사형이 선고된다고 해도 피해자는 살아나지 않는다. 남은 이들의 삶은 이전으로 돌아가지 않는다. 재판을 지켜보는 유족은 숨죽여 운다. 시끄럽게 울거나 소리를 지르면 퇴정당할 수 있기 때문이다.

"증인, 이제 가서도 됩니다."

이번 사건에서도 저 빨간 펜은 내게 동그라미를 그려줄까? 많은 마음이 응축되어있는 법정의 공기는 무겁기 그지없다. 그 기운에 떠밀리지 않으려 허리를 꼿꼿이 세우고 또각또각 걸어 법원을 나선다.

범죄분석 보고서 내용이 판결문에 인용되며 유죄가 선고

된 사건이 있었다. 확실한 물증이 없는 사건이라 무죄가 나올지도 모른다고 생각했었는데. 그날은 떼어먹힌 돈을 받은 것처럼 기뻤다. 죗값은 후불.

범죄자의 심리를 이해하려 노력하지만,

그들 또한 더 나은 선택을 할 수 있었던 존재라는 것을 믿기에

오히려 책임의 무게를 정확하게 잰다.

말하지 않아도 통하는
핸들러를 아시나요?

　나는 경기남부경찰청 과학수사과에서 근무하는 체취증
거견 핸들러다. 모르는 사람들이 많겠지만, 우리나라에도
엄연히 핸들러가 존재한다.

　2013년 11월 화성서부경찰서 형사과 실종수사팀 근무
중이었을 때, 치매 노인 실종자를 효과적으로 찾기 위해 체
취증거견이 도입되었다. 나는 당시 팀장의 권유로 핸들러
라는 새로운 업무에 도전하게 되었다.

　최첨단 장비와 기술을 활용한 과학수사 기법은 다양하
지만, 체취증거견 활용은 조금 다른 특성이 있다. 산악이나
들판, 건물 등 다양한 지형 조건에서의 실종자(생체 · 사체)

를 찾아내는 일이기 때문에 경찰에서 주목하고 있는 기법
이다.

◇◇◇

나의 친밀한 첫 동반자 '마리'

마리는 내가 처음 만난 체취증거견이다.

마리노이즈 종으로 작은 것 하나 놓치지 않는 민감한 후
각을 지녔다. 실종자 수색 활동에 있어서 늘 나와 동행했던
최고의 파트너였다.

사람의 모두 다른 체취까지 일일이 구별해내기 위해서는
많은 시간을 들여 전문과정을 같이해야 한다. 핸들러와 체
취증거견의 교감이 중요하기 때문에 나와 마리 역시 사건
이 없어도 가급적 오랜 시간을 함께했다. 함께하는 시간 동
안 우리는 많은 것들을 나눴다.

어느덧 마리는 나의 말 한마디와 손동작 하나까지 알아
차렸고, 서로 눈빛만 주고받아도 많은 대화를 나눌 수 있었
다. 마리는 나를 잘 따르고 견뎌줬다.

실종자를 찾는다는 건 나에게도 마리에게도 실로 고단한

과정이었다. 조금도 시간을 지체할 수 없는 일이기에 제대로 식사도 못 하고 수색을 이어 나가는 경우도 많았다. 들로 산으로 험한 길을 헤치고 다녀야 하는 건 기본이었다.

2016년 겨울, 그날은 유난히 매섭고 추운 날이었다. 하늘은 흐렸고, 곧 비라도 내릴 것처럼 우중충한 날씨였다.

치매를 앓고 계시던 80대 노인이 외출한 뒤로 돌아오지 않았다는 신고를 받고 수사를 시작했는데, 이미 5일이라는 시간이 지난 상태였다.

겨울철에는 기온이 낮아 시간이 지체될수록 그만큼 생존 확률도 떨어졌다. 점점 마음이 더 조급해질 수밖에 없었다. 6일 차가 되던 날, 수색 현장에서 마리가 갑자기 빠르게 뛰기 시작했다. 그리고 달려간 곳에서 마리가 짖기 시작했다.

우리는 거기서 추위에 떨고 계신 할머니를 발견할 수 있었다. 그렇게 할머니를 가족의 품에 돌려보낼 수 있었고, 자칫 위험해질 수도 있었던 한 생명을 구해냈다.

'마리' 그 이름을 기억하며

마리는 고양시의 한 민간훈련소에서 처음 만났다. 그때

는 어린 강아지였다. 털은 부드러웠고, 성격은 유쾌했다. 그런 마리와 나는 함께 8년 동안 400여 차례 현장에 투입되었고, 많은 생명을 살려냈다.

나이가 들어 마리도 은퇴했는데, 두 달 후 암 말기 판정을 받았다. 현역 때 그렇게 열심히 일했으니 은퇴 후에라도 편안하고 안락하게 살길 바랐는데, 암이라니! 청천벽력 같은 소식이었다.

마리가 아픈 걸 보고 올 때마다 내가 너무 혹독한 주인이었나, 자책하기 일쑤였다. 미안함과 안타까움에 혼자서 펑펑 우는 날이 많아졌다. 살아날 거라 믿었지만, 꼭 그렇게 되리라 기대했지만, 따뜻한 햇살이 내리쬐던 어느 날, 마리는 내게 작별의 인사를 하고 눈을 감았다.

마리는 내게 친구였고, 가족이었다. 그렇게 마리와 작별을 했다. 그리고 나는 마리를 내 마음속에 그리고 내 핸드폰 배경 화면에 묻었다.

마리는 떠났지만, 실종자를 찾는 일은 계속되어야 한다. 실종자는 늘 발생하고, 내 일은 촌각을 다투는 다급한 시간 싸움이니까.

오늘도 어김없이 신고가 들어온다. 이번에는 더 빠른 시간에 찾아보리라, 테오의 목줄을 다 잡고 현장으로 출동한다. 나는 대한민국 '핸들러'다.

마리는 떠났지만, 실종자를 찾는 일은 계속되어야 한다.
실종자는 늘 발생하고, 내 일은 촌각을 다투는 다급한 시간 싸움이니까.

무너진 현장이
교훈을 줄 때마다

　화재현장은 시간과의 싸움이라고 해도 과언이 아니다. 현장에 들어서면 뜨거운 열기가 순식간에 온몸을 휘감아 오른다. 그렇다고 물러설 수는 없다. 우리의 주요 임무는 화재의 원인을 분석하기 위해 관계자의 진술을 확보한 다음 신속하게 현장을 파악하는 것이다.

　화재가 진압되었다고 안심하기는 너무 이르다. 2차 폭발의 불안감, 화재로 약해진 건물이 붕괴될 위험 그리고 그 속에 남아 있을지 모르는 독성 가스 등은 안 그래도 뜨거운 현장에 있는 우리를 위협한다.

　과학수사관으로서 나는 현장에 숨은 진실을 밝혀내는 일

을 맡고 있다. 불이 어떻게 시작되었고, 어떤 경로로 퍼져 나갔는지를 추적하는 것이다. 하지만 그때 마주하는 것은 화재의 증거들만이 아니다. 그 속에는 마지막까지 숨이 붙어 있었던 사람들의 흔적 그리고 그들이 불길 속에서 겪었을 고통과 절망이 고스란히 담겨 있다.

나는 이 슬픔과 아픔들을 냉정한 시선으로 기록해야 하지만, 그 비극이 다시는 반복되지 않도록 막아야 한다는 책임감도 늘 느끼고 있다.

화재는 늘 갑작스럽게 찾아온다. 경고도 없이 시작된 작은 불씨는 대개 사소한 실수나 부주의에서 비롯되는 경우가 많다. 그러나 그 원인에 비해 결과는 너무도 참혹하다. 소중한 생명들이 순식간에 잿더미 속으로 사라지고, 그들의 추억과 일상도 불길에 휩쓸려버린다. 불타버린 잔해 속에서 사람들의 마지막 흔적을 발견할 때마다, 그들이 겪었을 절망을 떠올릴 때마다 느껴지는 안타까움은 이루 말로 표현할 수 없다.

수년 전 한 스포츠센터에서 발생한 화재현장이 생각난다. 오래된 건물이었고, 비상구는 적치된 물건들로 막혀 있었다. 비상구가 막혀 있었던 탓에 건물 안 사람들 대부분 대피할 수 없었다. 결국 수십 명이 목숨을 잃는 참극이 벌어졌다.

희생자들은 모두 우리 이웃에 사는 평범한 사람들이었다. 누군가의 어머니와 아버지 그리고 누군가의 딸과 아들이었다.

신원 확인을 위해 희생자의 지문을 채취하는 동안, 그들의 휴대전화에서 '우리 딸', '아빠'라는 이름으로 계속 전화벨이 울렸다. 가족들이 애타게 찾고 있을 것이 분명했지만, 나는 그들이 원하는 답을 받을 수 없다는 사실에 깊은 좌절감을 느꼈다. 아무리 직업적으로 냉정해야 한다고 해도 간절한 벨소리들을 듣다 보면 인간적인 감정이 밀려오는 것을 참기 어렵다.

이 사건의 원인은 단순했다. 잘못 시공된 천장 시설물에서 발생한 작은 불꽃이 그 화재의 시작이었다. 불꽃은 가연성 마감재를 따라 곧 거대한 불길로 변했고, 결국 대참사로 이어졌다. 비상구가 막혀 있었던 것도 큰 문제였다. 사람들이 빠져나올 수 있는 유일한 길이 닫혀 있었기에, 사람들은 더 이상 도망칠 곳이 없었다.

어떤 젊은 여성은 잠겨버린 옥상 문 앞에서 소사체[1]로 발견되었는데, 그녀가 잠긴 문 앞에서 느꼈을 절박함과 절망이 고스란히 전해졌다. 옥상 문이 열려 있었다면 그녀는 큰 위험 없이 가족의 품으로 무사히 돌아갔을 텐데. 그런 생각이 들자 가슴이 먹먹해졌다.

이럴 때마다 나는 같은 질문을 던지게 된다. 이 비극은 과연 막을 수 없었을까?

화재현장을 조사할 때 느끼는 가장 큰 안타까움이 바로 이것이다. 대부분 화재는 충분히 예방할 수 있었다는 사실이다. 작은 실수나 부주의, 안전보다 비용에 치중한 의사결정, 미흡한 제도 따위가 결국 비극을 초래한다. 이 사건에서도 비상구가 제대로 열려 있었더라면, 많은 사람이 살아남을 수 있었을 것이고, 가연성 외장재를 사용하지 않도록 제도가 만들어졌다면 이렇게 큰 비극으로 이어지지 않았을 것이다.

이런 사실을 마주할 때마다, 나는 과학수사관으로서 느끼는 책임감이 더욱 무겁게 다가온다. 우리가 진실을 찾아내는 이유는 단지 사건의 원인을 밝혀내는 것만이 아니다.

그때 마주하는 것은 화재의 증거들만이 아니다.
그 속에는 마지막까지 숨이 붙어 있었던 사람들의 흔적 그리고
그들이 불길 속에서 겪었을 고통과 절망이 고스란히 담겨 있다.

그 진실을 통해 배우고, 더 나은 미래를 위해 그 교훈을 실천하는 데 있다는 것을 현장을 통해 절실하게 느낀다.

사라진 생명들은 더 이상 돌아오지 않는다. 그러나 그들이 남긴 교훈을 통해 우리는 더 나은 미래를 만들 수 있을 것이다. 그 교훈을 바탕으로 우리는 더 안전한 사회를 만들고, 그 비극이 다시는 반복되지 않도록 할 수도 있을 것이다. 그것이 내가 현장에서 느끼는 가장 큰 책임감이자, 우리 모두가 함께 나눠야 할 사명이리라.

❶ 화재현장에서 화재로 인해 불에 탄 시체

성탄절 새벽 화재현장에서

붉은 사이렌 소리를 뚫고
불은 어둠과 새벽 사이로
급히 번져갔네

비좁은 복도에는
미처 대피하지 못한 슬픔,
말하지 못한 사연들이
흩어져 있었네

불이 시작된 아파트 위층
깨어진 가족사진은
절박했던 상황을 말하고 있는 듯

아빠는 첫째 딸을 이불에 감싸
재활용 포대 위로 던져 내린 후
갓난 딸을 안고 뛰어내려
홀로 별이 되었지

그래서, 저 하늘의 푸른 별은
항상 우리를 지켜주는 거야

저 높은 곳에서
언제, 무슨 일이 있더라도
늘 함께 하고 있는 거야

CSI가 만능열쇠는 아니지만

강력반 형사 업무에 한창 재미를 붙여서 열심히 뛰어다니며 일하던 어느 날이었다.

과학수사팀에서 일하고 계시던 선배 한 분이 어느 날 나를 찾아오셨다. 그러고는 뜬금없는 제안을 하셨다.

"권 형사, 과학수사 자리가 하나 날 것 같은데 와서 근무 한 번 해보지 않을래?"

그런 제안을 받게 되리라고는 꿈에도 생각하지 못했던 터라 당황스러웠다.

"제가요? 왜요?"

별수없이 되물었고, 그러면서 또 내 자신에게도 물었다.

'내가? 어떻게?'

그런데 그날부터 자꾸만 과학수사라는 말이 머리에 맴돌았다.

그렇게 한참을 고민하다 보니 가랑비에 옷 젖듯 과학수사에 호기심이 생겼고, 무모했지만 과감하게 첫발을 내딛게 되었다. 그리고 어느덧 20년의 세월이 흘렀고, 나는 여전히 과학수사관이다.

과학수사 업무의 60퍼센트 이상은 변사사건 처리 업무라 해도 과언이 아닐 것이다.

우리 모두는 언젠가 죽는다. 나도 죽을 것이다. 그리고 인간의 삶에 죽음은 단 한 번뿐이다. 과학수사팀은 사람에게 단 한 번뿐인 그 죽음을 수없이 만나고, 죽음에도 개입한다. 처음 과학수사를 시작할 때 나는 그런 죽음을 받아들이는 것도, 개입해야 하는 일들도 너무나 힘겨웠다.

이 사람은 왜 죽었는가? 이 사람은 왜 이런 선택을 해야만 했을까? 꼭 죽었어야만 했을까?

사념에 매몰되어 벗어나기가 어려웠다. 본질적인 문제인 사건 해결에 집중하지 못하고 '왜? 도대체 왜?'라는 감정에 무너지기 일쑤였다.

그런 감정들에 휘둘리는 게 너무 괴로워 과학수사를 그만둘까 고민한 적도 한두 번이 아니었다. 심지어는 자다가도 가위에 눌려 잠을 이루지 못한 날도 많았다.

내 삶도 바쁘고 힘든데 다른 사람의 삶과 죽음에 대해서까지도 깊이 생각하고 고민해야 하니 말 못 할 스트레스가 쌓여갔다. 그러던 어느 날, 내 생각을 완전히 바꾸어놓은 사건이 발생했다.

100kg이 넘는 거구의 남자가 침대에서 사망한 사건이었다.

평소와 다를 것 없이 감식을 위해 현장으로 나갔다. 현장은 부부가 사는 일반적인 가정집이었는데, 뭐 하나 이상한 점을 찾아보기 어려웠다. 부부가 다툰 흔적도 없었고, 아내도 담담하게 굴었다.

그런데 내가 다가서자 사망한 남자의 아내는 눈을 똑바로 쳐다보지 못했다. 묻는 말에는 모르쇠로만 일관했다. 뭔가를 숨기려고 한다는 게 분명했다. 오랜 강력반 형사의 촉으로 알 수 있었다.

남자는 왜 죽었을까? 아내의 태도가 이상해. 어쩌면 아내가 죽였을지도 몰라.

하지만 포악한 성격에 100kg이 넘는 거구의 남자가 왜소한 아내에게 죽임을 당했을 리는 없어. 그건 아무래도 무리라는 생각이 들었다.

남자는 평소 술을 많이 마시고 덩치도 크며 나이도 있었다. 집 안에는 다툼의 흔적이 일절 없는 데다 정리도 잘 되어 있었다. 다른 원인을 찾기는 어려워 보였다. 결국 내재적 질병 때문에 사망한 것으로 짐작했다.

이후 검시를 하는 과정에서 경부에 미세하게 눌린 자국이 관찰되었다. 다른 외상은 관찰되지 않았으며 얼굴에 울혈이 있었다.

드디어 나온 부검결과는 경부압박질식사[1].

질식사! 그러니까 자연사가 아닌 타살이라는 말이었다.

"어떻게 경부압박질식사가 나올 수 있는 거지?"

목덜미가 오싹해지고 이마로 식은땀이 흘렀다. 내가 무얼 놓치고 있었는지 궁금했다. 형사의 촉이 아니라 과학수사의 과학적 근거로 곰곰이 생각하기 시작했다.

나중에 범행을 인정한 아내의 말을 들어보니 그녀는 자신이 사용하던 여성용 유리병 화장품(에센스)를 이용해 잠을 자고 있던 남편의 전경부[2]를 있는 힘껏 양손으로 체중을 실어 눌렀고, 만취한 채 자고 있던 변사자는 힘 한 번 써 보지 못하고 그대로 사망한 것으로 밝혀졌다.

아! 비로소 나는 깨달았다. 내가 타인의 죽음에 대해 감정을 이입했고, 확증 편향적 사고로 판단이 흐려졌던 것임을.

'왜 죽었을까?, 왜 생을 마감했을까?'가 아니라 '어떻게 죽었지?'를 따져봐야 했다. 절대로 타인의 죽음에 내 감정이 이입되면 안 되는 거였다. 그 순간부터 걷잡을 수 없이 판단이 흐려진다.

나는 이 사건 이후로는 변사사건을 접할 때 어떤 쪽에도 치우치지 않기 위해 내 감정을 영점으로 기준 잡고 현장에 들어간다.

그리고 '왜 죽었는가?'가 아니라 '어떤 이유로 죽었는가?'를 밝히는 데 최선을 다한다.

나는 과학수사관이니까.

그러나 부주의에 의한, 아니면 어쩔 수 없는 상황에서 발생하는 죽음 앞에서는 여전히 개인적인 감정이 잘 절제되지 않는다. 여전히 많이 울고, 오랜 시간을 힘들어한다.

아침에 사랑하는 아내와 아이들에게 '잘 다녀올게. 저녁에 다시 보자'라고 말하며 행복하게 출근했다가 갑작스런 사고로 죽음을 맞이하는 젊은 가장의 죽음을 마주할 때면 내 일인 듯싶어 슬프고, 나도 저럴 수 있다는 감정 이입에 겁이 나기도 했다.

◇ ◇ ◇

미국 드라마 'CSI 과학수사대'가 인기를 끌면서 과학수사에 대한 사람들의 관심이 높아졌고, 급기야 모든 사건을 해결하는 만능 부서로 인식되기에 이르렀다.

우리가 현장에 나가면 학생들이나 주민들은 '와, 과학수사대다. CSI다' 하며 웅성거리곤 한다.

하지만 사건 현장에서 우리를 맞이하는 것은 변사자들의 형체를 알아볼 수 없는 시신이거나, 그들의 죽음을 알리는 부패된 사체의 악취다. 이렇게 극한 환경 속에서 일하는데도 서슴없이 달려갈 수 있는 원동력은 무얼까?

어떤 심리학자가 말하길, 사람이 가장 행복함을 느끼는 때는 누군가가 나로 인하여 도움을 받았을 때라고 한다. 그런 이유가 아닐까 싶다. 내가 아무리 힘들어도 나의 노력으로 인해 사건이 해결되기도 하고, 유족들에게 한 점 의혹 없이 사건 결과를 알려줄 수 있기에.

'더운데 정말 고생하셨어요'라는 말 한마디를 들으면 모든 피로와 고통이 눈 녹듯 사라지게 되는 것도 하나의 이유였다.

한 번은 해발 오백 미터 산 정상에서 실족해 추락한 변사자를 약초꾼이 발견한 적이 있었다. 그곳은 헬기도 착륙할 수 없는 곳이었다. 한겨울이라 눈도 엄청 많이 쌓여 있었다. 변사자의 시신을 훼손 없이 산 아래까지 옮겨야 하는 게 관건이었다.

정상에서 산 아래까지, 약 4시간 걸려서야 간신히 내려올 수 있었다. 살을 에는 겨울바람을 견뎌야 했고, 하산길에서 일어날 수 있는 또 다른 사고를 방지해야 했으며, 고가의 카메라와 장비까지 챙겨야 했다. 정말 힘든 시간이었다.

하산했을 때 아래서 기다리던 유족들이 우리를 보자마자 달려왔다. 우리들 손을 잡고 울면서 고맙다는 말을 얼마나 많이 했는지 모른다.

그래, 가장 절박하고 침통한 상황에 놓인 사람들이 우리가 어떤 극한 환경을 겪었는지 가장 잘 알고 있는 것이다. 우리가 과학수사를 해야 하는 이유다. 우리마저 없다면 그들의 고통은 배가 되고 말 것이다. 어떤 악조건 속에서도 죽음이라는 사건은 억울함 없이 반드시 해결해야 한다. 그런 마음으로 우리는 오늘도 내일도 아무것도 따지지 않고 현장으로 달려갈 것이다.

과학수사에서는 현장에서 실수가 절대 용납되지 않는다. 내가 저지른 실수 하나로 인하여 사건의 판도가 완전히 뒤바뀔 수도 있기 때문이다. 내 부주의로 나와 팀원의 안전을 보장받지 못할 수도 있다. 그러니 재차 확인하고 또 확인해야 한다.

나는 오늘도 묵묵히 과학수사 업무를 하고 있다. 억울한 죽음이 없도록. 더우면 더운 대로, 냄새와 파리와 싸우며, 슬프면 슬픈 대로 눈물과 슬픔을 이겨내며.

내겐 그런 과학수사가 천직이다.

---

❶ 외부로부터 압박이 가해져서 목 부위에서 혈액 또는 공기의 흐름이 방해를 받아 사망하는 경우
❷ 경부는 목 부위를 뜻하는 말. 목 부위의 앞부분

곤충도 아는 걸
사람이 몰라서야

파리만큼 귀찮고 성가신 곤충이 또 있을까? 왱왱거리는 소리만 거슬리는 게 아니다. 이제 막 만들어놓은 맛있는 음식도 먼저 차지해 맛을 보기도 한다. 밤에는 불면증으로 뒤척이다 간신히 잠에 들었는데 다 깨워놓고 만다.

그렇지만 이 파리가 우리에겐 중요한 증거가 된다. 변사사건 현장에 항상 단짝 친구처럼 따라다니는 곤충. 너무나 고마운 존재다.

막 더위가 시작되는 유월, 여름의 초입에 노모 변사사건이 일어났다.

아들의 신고 전화로 현장에 출동했다. 현장 구석구석에

노모가 쓰던 주방용품이 어지럽게 널브러져 있었다. 언제 지었는지 모를 바싹 말라버린 밥과 기름때가 눌어붙은 가스레인지……. 지저분한 생활 공간은 거동이 어려운 어르신의 마지막 삶을 그대로 보여주었다.

떠나시는 길에 제대로 식사는 하셨을지…….

안방에 엎드리듯 누워 계신 노모의 얼굴엔 이미 파리들이 점령해 있었다. 홀로 외로웠을 마지막. 그와 대조적으로 망자를 덮은 보랏빛 보자기는 더욱 화려해보였다. 지저분한 이부자리와 어지럽게 뒹구는 신문지 뭉치들이 마음을 무겁게 했다. 검시를 위해 들어낸 노모의 몸은 뼈가 다 드러나도록 앙상하게 야위어 있었다. 왼쪽 대퇴부 쪽은 욕창이 생겨나 있고, 손톱 역시 오랫동안 정리되지 않아 삐뚤빼뚤했다. 이미 왼쪽 얼굴은 구더기들이 뒤덮었다.

그런데 아들이 거주했던 방은 의외로 깨끗했다. 이부자리는 가지런했고, 컴퓨터 책상도 깨끗했다. 옷가지는 손수 정리해온 듯했다. 유일하게 사람의 온기가 느껴지는 방이었다. 지저분하고 마구 흐트러져 있는 어머니의 방과는 확연히 비교되었다.

어제 돌아가신 걸 확인했지만 아들은 장례 절차를 확인

하느라 이제야 신고했다고 진술했다. 그러나 이미 어머니의 시체는 부패가 진행되고 있었다. 진술과 맞지 않는 현장에서 시체 주변의 번데기들이 눈에 들어왔다. 파리가 접근하여 알을 낳고 구더기를 거쳐 번데기가 되기까지 최소한 3일 이상은 되었을 터였다.

현장 상황을 법곤충감정실에 알렸다.

"안녕하세요. 과학수사팀입니다. 이번 변사 현장에 파리 번데기랑 구더기가 관찰되는데, 좀 빨리 감정 가능할까요? 현장이 좀 이상해서요."

"네. 최대한 빨리 진행하겠습니다. 현장 상황이 어땠는지 자세히 이야기해주실 수 있나요?"

검정파리과보다 크기가 작은 편에 주둥이가 뾰족하고 좀더 매끈한 모양. 구더기가 시체를 먹으며 숨 쉬는 기관인 후기문의 형태도 실을 꼬아놓은 것처럼 구불구불한 형태였다. 이 곤충의 이름은 집파리다. 집에서 흔하게 발견되는 파리로 시체에서도 발견되지만, 일반 쓰레기나 음식물 쓰레기로도 유입된다. 그야말로 어디서나 볼 수 있는 파리다.

주방, 베란다까지 쓰레기가 있던 현장이라 곤충들이 시체에서 유래했는지, 현장의 쓰레기에서 유래했는지까지 명확하게 알기는 어려웠다. 또한 아들의 진술은 신고 전날 어머니 사망을 확인했다고 하나, 언제 사망했는지 역시 확실하지 않은 상황이었다.

그렇다면 두 가지 상황을 가정해볼 수 있었다.

첫째, 어머니 사망 후 곤충이 산란하였을 경우.

둘째, 어머니가 사망하기 전에 곤충이 산란하였을 경우.

아직 초여름인 6월이었지만 현장의 온도는 27.93°C로 제법 더운 날씨였다. 현장 평균 온도로 추정한 성장 시간은 112시간, 체온과 비슷한 온도로 추정한 성장 시간은 82시간. 이 모든 상황이 정확하게 말하는 게 있었다. 아들은 어머니를 돌보지 않았다는 것이다. 어머니가 언제 사망했는지도 모를 정도로 들여다보지 않았거나, 살아 계실 때 이미 곤충이 알을 낳을 정도로 돌보지 않은 상황이거나, 둘 중하나였다.

"검시조사관님, 법곤충감정 결과 보니까 유족이 이야기한 사망 시간하고 곤충 증거물 성장 시간이 좀 차이가 있는데……."

"그래요? 과학수사팀도 부패 상태나 욕창에 구더기 있는게 아들 진술이랑 안 맞는 것 같아서 이상했거든요. 담당

수사관에게 감정서 전달할게요."

홀로 쓸쓸하게 어머니가 언제 돌아가셨는지, 죽음의 시간을 찾아내 결과를 알려주면 아들은 과연 어떤 표정을 지을까.

어머니는 아들을 낳고 키울 때 건강한지, 어디 아픈 곳은 없는지 항상 들여다봤을 것이다. 풍족하지는 않아도 굶지 않게 늘 끼니를 챙겨주셨을 테지. 때로는 아들에게 쓴소리도 하며 마음 아파했을 어머니.

같은 집에 살면서도 어머니가 돌아가신 지 모른 채 배달 음식을 시켜 먹으며 컴퓨터 게임을 했을 아들이 더욱 비정해보였다. 곤충이 아니었다면 노모는 지병으로 사망한 어르신으로 마무리되었으리라. 차갑게 식어가던 어머니는 마지막까지 혼자 남은 아들을 걱정했을 텐데…….

어머니의 죽음을 슬퍼하는 아들의 표정에는 후회가 묻어 있었다. 생의 끝자락에서도 어머니는 아들을 수고로이 하고 싶지 않아 목소리조차 내지 못하셨을 것이다. 모자가 함께인 현장 사진을 다시 보니 마음이 쓸쓸해졌다.

잠시 생각을 정리한 후 법곤충감정실로 연락해 결과를 알렸다.

"법곤충감정실이죠? 저희 지난번 사건 담당 수사관에게 법곤충감정 결과 전달했거든요. 담당 수사관도 방임이 의심되는 사건이었는데, 부검 결과에서 방임이라고 할 만한 증거가 없어 수사 진행을 못 했다네요. 근데 법곤충감정에서 방임 또는 승저증[1]을 배제할 수 없다고 하니 재송치하여 수사를 다시 진행한다고 합니다. 고생 많으셨어요!"

[1] 살아있는 사람이나 동물의 조직 내에 파리의 유충이 기생하는 병리적 증상을 승저증(Myiasis)이라 한다

제3장

사라진 자들의 마음까지 발견하는
숙명의 현장에서

이런 순간을 마주할 때면 더더욱 그렇다.

게다가 과학수사관들은 각자 처해 있는 개인적인 상황으로

저마다 더욱 슬픈 감정에 휩싸이는 현장들이 있다.

나는 한참 동안 그 현장을 떠나지 못했다.

혼자 남겨진 아이, 그런 아이를 두고

혼자 떠나야 했던 아버지의 마음이 내 마음 같아서였을 거다.

나의 아름다운 영웅,
만나러 갑니다

엄청 말이 많은 사람이 있었다. 나도 말수가 적은 편은 아니지만, 이 사람과 대화하면 난 그저 묵언 수행 중인 스님과 같았고, 선생님께 모르는 문제를 물었다가 큰 깨달음을 얻은 학생처럼 맑은 눈으로 '아하!' 하며 추임새만 넣을 수 있을 뿐이었다. 내가 초보 과학수사관이었을 때, 이미 그는 내가 궁금해하는 모든것을 다 알고 있었다.

내가 궁금해했던 걸 나보다 훨씬 더 먼저 궁금해했던 건지, 아니면 엄청 좋은 답안지를 미리 가지고 있었는지 모르지만, 뭘 물어도 막힘없이 술술 대답이 나왔고, 때론 더 많은 것을 알려주었다. 나는 그런 그가 무척 좋았다.

그는 모든것이 남달랐다. 남달리 빼어난 외모까지 갖추었다면 더할 나위 없었겠지만, 그에 버금가는 남다른 지식을 갖추고 있었고, 누구에게도 뒤지지 않는 열정 또한 가슴에 품고 있었다.

다행히 그런 그도 나를 좋아해 주었다. 그래서 우리는 비공식 원팀(One team)이 되었다.

그때 그는 뭐가 그리 급한지 자신이 아는 과학수사의 모든것을 알려주려 안간힘을 썼던 것 같다. 그런 인상을 받을 만큼 과도하게 열정적이었다. 나는 나대로 과학수사 초보 딱지를 떼기도 전부터 그가 쏟아붓는 방대한 과학수사에 대한 지식을 허겁지겁 받아들였다.

그렇게 그는, 나의 스승이자 영웅인 과수퍼맨(과학수사 수퍼맨)이 되었고, 과학수사에서 자신이 가장 사랑했던 분야인 혈흔형태분석의 길로 나를 이끌었다. 그리고 나는 그 이유를 나중에서야 알 수 있었다.

◇ ◇ ◇

과학수사 업무 분야에서 혈흔형태분석을 담당하는 과학

수사관은 그리 많지 않다. 과학수사에서도 여러 분야가 있고, 각각의 분야 모두 엄청난 노력과 집중력을 발휘해야 하지만, 혈흔형태분석은 그중에서도 어렵다는 인식이 강했다. 거기다 업무 강도도 적지 않았다. 피를 오랜 시간 들여다봐야 하는 괴로움은 덤으로 추가된다.

그래서 혈흔형태분석은 과학수사에서 웬만하면 꺼리는 분야일지도 모르겠다. 그렇지만 그는 달랐다. 진실을 밝히는 일이라면 그런 난관쯤은 아무것도 아니었다. 아무리 일이 힘들어도 맹렬한 그의 열정은 무뎌질 리 없었고, 그런 그를 사랑하는 나 역시 마찬가지였다.

우리가 일터에서 맞이하는 분들은 대부분 과묵하다. 모두 육신만 남은 채 돌아가신 분들이기 때문이다. 그분들 중에는 억울한 죽음을 맞이한 이들이 적지 않다. 그렇기에 우리는 그들이 남긴 피를 오래도록 들여다보아야 한다. 그 피가 하는 말을 듣기 위해 끈기 있게 귀를 기울여야 한다.

그날도 그랬다. 우리는 피비린내를 맡으며 한참 동안 좁은 현장에 쭈그리고 앉아 있었다. 억울하게 죽은 이의 핏자국들을 사람 얼굴이라도 바라보듯 관찰하고 또 관찰했다.

사건은 도심의 술집에서 벌어졌다. 술에 취해 모두 자리를 털고 일어선 깊은 새벽녘이었다. 그런데 그 술집에는 아직 떠나지 않은 사람이 하나 있었다.

그는 칼로 술집 주인의 얼굴과 몸을 수십 차례 찌르고 나서야 유유히 술집을 나섰다. 그리고 그날 아침, 술집을 운영하는 어머니가 귀가하지 않자 아들이 찾아 나섰다. 그러다 술집 바닥에서 처참하게 돌아가신 어머니를 발견했다.

처음부터 쉽지 않은 사건이었다. 현장은 불특정 다수가 출입하는 곳이라 지문이 있다 할지라도 범인으로 단정할 수 없었다. 애석하게도 술집 내부에는 CCTV도 없었다.

오히려 오기가 발동했다. 참혹한 범행을 저지른 나쁜 놈을 꼭 잡아 억울하게 돌아가신 피해자의 영혼에 위로를 드리고 싶었다. 그 어느 때보다 간절한 마음으로 면밀하고 세심하게 현장을 감식했다.

술집의 출입문은 정문과 주방 뒤쪽에 각각 1개씩이었다. 주방 뒤쪽 출입문으로 나가면 싸리발 2개가 나란히 쳐져 있었는데, 마치 사람이 그 속으로 들어간 것 마냥 싸리발 2개가 서로 맞닿아 봉긋하게 솟아 있었다.

그 뒤로는 건물과 건물 사이 경계를 이루는 담장이었다.

담장을 따라가 보니 건물 옆 골목을 촬영하고 있는 CCTV 가 보였다. CCTV는 철재 앵글로 만들어진 구조물에 설치 되어 있었다.

형사팀에서 CCTV 녹화 영상을 확인해보니 새벽 4시쯤 CCTV의 화면이 마치 지진이 일어난 것처럼 아래위로 떨렸다.

이어 CCTV 아래로 검은 그림자가 뛰어내리는 모습이 포착되었다. 범인이 담장 위로 걸어와 CCTV 앵글을 잡고 골목 바닥으로 뛰어내린 것이었다.

형사팀은 그림자의 이동 경로를 따라 추적해 갔다. 그들 이 떠나고 우리는 따로 할 일이 있었다. CCTV 앞에 사다리 를 세웠다. 범인이 CCTV 앵글에 남겨졌을 지문을 채취하 기 위해서였다.

나의 스승인 말 많고 열정 많은 과수퍼맨이 나섰다. 아찔 한 높이였지만, 그는 전혀 개의치 않았다. 그는 현장을 날 아다니는 과수퍼맨이니까.

그가 CCTV 앵글에서 완벽한 지문 하나를 현출하는 데 성공했다. 역시 나의 스승이다.

곧 급한 소식이 전해졌다. 형사팀에서 용의자 한 명을 확보했고, CCTV 앵글에서 채취한 지문과 용의자의 지문을 맞춰달라는 요청이었다.

과수퍼맨이 현출한 지문과 용의자의 지문을 대조해보니 여러 가지 특징점들이 딱 맞아떨어졌다. 팀 동료들의 환호성이 터져 나왔다. 불과 사건 접수 4시간 만의 일이었다.

그리고 과수퍼맨은 과학수사팀과 함께 체포된 용의자의 집으로 출동했다. 범인의 옷과 화장실에 피해자의 혈흔이 묻어 있는 것을 확인했다. 이제 우리는 지문과 더불어 유력한 DNA 증거까지 손에 넣게 되었다.

이 정도면 범인의 죄를 입증할 만큼 충분한 증거가 갖추어진 것 같았다. 하지만 과수퍼맨은 그리고 우리는 거기서 만족하지 않았다. 이제는 피해자의 억울한 이야기를 들어줄 시간이었다.

현장에 낭자한 피는 보고 있는 것만으로도 신물이 올라올 만큼 참혹했다. 힘없는 피해자는 위력적인 상대 앞에서 반항 한 번 제대로 해보지 못했다. 그래도 어떻게든 빠져나가려 안간힘을 썼던 흔적들이 곳곳에 보였다. 삶의 터전이었던 곳이 끔찍한 지옥으로 변하는 순간이었으리라.

감식이 끝났지만 다시 오래도록 고개를 처박고 현장의

피를 관찰했다. 피해자의 이야기를 듣고 또 듣고 나서야 비로소 현장을 나올 수 있었다. 해는 지고, 주변 술집들의 네온사인이 하나둘 반짝이고 있었다.

6일 후, 과수퍼맨의 열정과 노력은 특진이라는 선물로 돌아왔다. 그를 알고 있는 과학수사관들은 모두 자신이 특진한 것처럼 환호하고 기뻐했다. 우리는 모두 알았다. 과수퍼맨은 충분히 그럴 자격이 있는 사람이라는 것을.

그런데 이틀 후, 나는 믿을 수 없는 소식을 듣고 말았다. 나의 스승이었던 과수퍼맨이 유명을 달리했다는 것이다. 그의 나이 고작 만 42세였다.

황망한 죽음이었다. 미처 인사를 나눌 수도 없었고, 서로에게 사랑한다고 말도 못 했다. 너무도 갑작스럽게 맞이한 이별이었다.

어제까지만 해도 내 곁에서 과학수사 지식을 열변하던 사람이었고, 낭자한 피를 보며 죽은 피해자들의 영혼을 깊이 위로하던 그였다. 그런 그가 지금은 세상에 없다니, 정말 믿고 싶지 않았고, 믿을 수도 없었다. 그날 처음으로 아내 앞에서 어린아이처럼 펑펑 울었다.

그래서 그랬던 거였을까? 혹여나 그는 자신의 운명을 예감했었던 걸까? 그런 연유로 내게 자신이 가진 지식을 급하게 쏟아부었던 걸까?

장례식장, 조문객에게 차려진 음식상에는 이틀 전 그가 특진 소식을 듣고 동료들에게 감사의 마음을 전하고자 장만한 승진 떡이 올라와 있었다. 우리는 덩그러니 놓인 떡을 바라보며 하염없이 눈물만 흘렸다.

요즘도 그날을, 그때를 생각하면 여전히 가슴이 먹먹해진다. 그가 환하게 웃는 모습을 떠올리는 것만으로도 왈칵 눈물이 차오르고는 한다. 길을 가다가도 그의 목소리를 들은 것 같아 멈춰 서서 고개를 돌릴 때도 있다.

그렇게 그를 보내고 한 달 후쯤, 검찰청에서 술집 사건에 대한 혈흔형태분석 보고서가 필요하다는 연락을 받았다.

그때 지문과 유전자 증거를 확보한 경찰은 범행을 부인하는 피의자를 살인죄로 검찰 송치한 상태였다. 그렇게 검찰청으로 넘어간 사건은 우리가 생각지도 못한 곳으로 흘러가고 있었다.

피의자는 CCTV 앵글에서 자신의 지문이 나온 것은 '사건 발생 한 달 전에 그곳을 지나가다가 앵글에 손이 닿는지 보기 위해 점프하면서 접촉한 적이 있어서' 그런 거라고 둘러댔다. 유전자 증거인 자신의 피에 대해서도 어이없는 변명으로 일관했다. '자신이 마지막 손님인 건 사실이지만, 담배를 사러 편의점에 다녀오니 피해자가 피를 흘리며 죽어 있었다. 그런 그녀를 만졌다가 자신의 옷에 피가 옮겨 묻은 것이고, 무서워 차마 신고를 하지 못하고 바로 집으로 돌아왔기에 그녀의 피가 옷과 화장실에 묻어 있는 것'이라고 진술했다.

황당한 변명이었다. 하지만 그 어처구니없는 변명은 극강의 증명력을 자랑하던 지문과 유전자 증거를 무참히 깨뜨리고 말았다.

누가 봐도 말이 안 된다고 생각하겠지만, 우리는 그런 변명들이 '과학적으로' 말이 안 된다는 것을 설명하고 증명해야만 했다. 그렇기에 검찰청에서도 혈흔형태분석 결과보고서가 꼭 필요했던 것이다.

과수퍼맨이 했어야 할 일이 내게로 넘어왔다. 더 이상 그가 이 세상에 없기 때문이었다.

뭐가 그리 급하다고……. 혈흔형태분석 보고서라도 마무리 짓고 가지.

그가 너무나 보고 싶어 더 이상 세상에 없는 그에게 눈앞에 있는 것처럼 투정을 부렸다.

나는 과수퍼맨이 촬영한 사진 파일을 모두 전달받았다. 그리고 그가 미처 끝내지 못한 혈흔형태분석을 마무리하는 임무를 부여받았다.

과수퍼맨이 촬영한 여러 사진 파일을 들여다보다가, 피의자의 의복 사진에서 나의 마우스 포인트가 멈추었다.

아! 감탄사가 절로 새어 나왔다. 이내 심장이 쿵쾅거리기 시작했다.

과수퍼맨은 이런 일을 예상이라도 한 것일까! 그는 의복 혈흔형태분석으로 피의자가 빠져나갈 수 없는 증거까지 확보해놓은 것이었다.

유혈 현장에는 우리가 볼 수 있는 다양한 모양의 혈흔이 있다. 그 혈흔은 특정한 모양마다 이름이 붙여져 있는데, 그 중 '비산혈흔'이라는 것이 있다. 비산혈흔은 쉽게 말에 범죄현장에서 '날아간 혈흔'을 의미한다.

과수퍼맨은 이러한 비산혈흔이 피의자의 검은색 바지 양

쪽 무릎과 뒤꿈치 부위에 있는 것을 발견하였고, 이것을 루미놀 촬영이라는 최고 난이도의 고급 사진촬영 기법을 이용해 기가 막히게 사진으로 담아냈다.

피의자는 '담배를 사러 밖을 나갔다가 술집에 다시 들어오니 피해자가 이미 피를 흘리며 죽어 있었고, 그녀를 만져 자신의 옷에 피가 묻은 것이다'고 진술했다. 하지만 과수퍼맨이 찾아낸 피의자 바지의 비산혈흔은 피의자가 살아있는 피해자를 가격하면서 튄 피해자의 피가 피의자의 양쪽 무릎에 묻은 것을 의미했다.

과수퍼맨이 찾은 증거는 피의자의 주장을 정면으로 반박하고 있었다. 그것도 아주 과학적으로.

나는 과수퍼맨이 남겨놓은 증거들을 잘 종합해 논리적으로 보고서를 작성했다.

보고서를 작성하면서 정말 한 글자 한 글자 정성을 다했다. 마치 과수퍼맨이 뒤에서 지켜보고 있는 것처럼 내내 집중했다. 그가 봤을 때 보고서가 마음에 들지 않으면 어쩌나 하고 마음을 졸이기도 했다. 무서운 선생님께 숙제 검사를 받는 학생이 된 기분도 들었다. 그가 잘했다며 내 어깨를 툭툭 쳐줄 만큼 만족시킬 수 있는 보고서를 만들기 위해 최

이 정도면 범인의 죄를 입증할 만큼 충분한 증거가 갖추어진 것 같았다.
하지만 과수퍼맨은 그리고 우리는 거기서 만족하지 않았다.

선을 다했다.

그리고 결국 나는 그가 마무리 짓지 못한 보고서를 무사히 끝낼 수 있었다. 그렇게 과수퍼맨의 영혼이 깃든 혈흔형태분석 결과보고서가 완성되었고, 그 보고서는 피의자를 징역 25년에 처하는 유력한 증거로 사용되었다.

◇ ◇ ◇

오랜만에 그가 안치된 공원묘지에 왔다.

매섭고 부리부리한 눈, 말은 많지만 굳게 다문 입, 경위로 특진했지만 아직까지 경사 계급장을 단 정복을 입은 사진이 붙은 묘비를 보니 새삼 그가 또 그립다.

매번 그의 이야기를 듣고만 있던 나는 이제 그가 그랬던 것처럼 그의 묘비 앞에서 그간 있었던 일을 재잘재잘 떠든다. 나 역시도 말수가 적은 편이 아니다. 나는 어느새 그를 닮아 있었다.

한참이나 그의 앞에 마주 앉았던 나는 그가 나를 세상에 남겨두고 떠난 것처럼 나도 그를 그곳에 남겨두고 돌아섰다.

그렇게 남겨진 나는 과수퍼맨이 그랬던 것처럼 후배들을

가르치고 혈흔 현장을 누비며 여전히 그를 열심히 뒤따르고 있다.

이제 점점 날씨가 추워진다. 그의 기일이 다가오나 보다.

그는 나에게 영웅이었다. 그리고 그는 우리 과학수사의 영웅이었다.

죽은 자가 만든
창문으로 들여다보면

"검시조사관님, 검시조사관님은 어떤 사건이 가장 기억에 남으세요?"

"이 일을 하시면서 살인사건도 보고, 부패된 시신도 보고, 온갖 험한 상황을 다 보셨을 것 같은데, 혹시 무섭지는 않으세요?"

사람들이 내 직업을 알고 나면 신기한지 꼭 한 번씩은 이런 질문들을 합니다.

그때마다 떠오르지도 않는 걸 억지로 기억해내려고 애써봅니다. 무엇을 말해야 하나?

늘 듣는 질문인데도 해야 할 말을 못 찾아 매번 당황하고 어색한 나머지 그저 웃고 맙니다.

사실 전 기억이 없습니다. 만성적인 외상후스트레스 탓인지 어느 순간부터 내 기억은 당시 사진이나 서류를 찾아보지 않으면 구체적으로 떠올릴 수가 없습니다.

그리도 무감각한 나 자신에게 놀라면서도 이걸 다행이라 여겨야 하는지, 기뻐해야 하는지, 아니면 슬퍼해야 하는지 고민하곤 합니다.

확실한 것은 변사 현장에서 일하는 나는 죽은 이를 만나는 것에 대해서는 아무 느낌이 없다는 것입니다.

죽음은 기억나지 않습니다. 죽은 이의 모습도 기억나지 않습니다. 다만 죽음의 현장에서 기억나는 게 있다면 죽은 이를 바라보는 남겨진 사람들의 시선과 태도입니다.

◇ ◇ ◇

돌아가신 부친을 부여잡고 미친 듯이 울던 딸의 모습이 생각납니다.

그때 옆에 있던 의사가 말했습니다.

"저렇게 대성통곡하며 우는 저 자식이 제일 불효자일 수

있어요. 보세요, 옆에서 평생을 모신 자식은 울지도 않잖아
요."

이 일을 시작할 때는 몰랐는데, 20년이 다 되어서야 그런
걸 알 수 있었습니다.

정말 그렇더군요. 평생을 모신 가족은 그 세월 동안 우느
라 눈물을 다 흘렸고, 쌓인 분노를 모두 쏟아 내었기에 막
상 죽음 앞에서는 담담할 수 있고, 울더라도 그 깊이가 다
르게 느껴집니다.

그들은 죽음 앞에서 서로 묵묵하게 의논합니다. 장례를
어찌할지를. 그리고 무얼 챙겨야 하는지 서로의 역할을 나
눕니다. 그들의 표정은 마음의 큰 짐을 내려놓은 만큼 가벼
워 보입니다. 서로를 바라보는 눈길 속엔 온기마저 느껴집
니다.

하지만 현관에 들어서자마자 신발을 벗어 던지고 대성통
곡하는 형제를 바라보는 그들의 시선은 곱지 않습니다.

'불효자구나.'

알고 싶지 않아도 알 수 있습니다. 마치 연극 〈오구〉를
보는 것만 같습니다.

인생이 그렇듯, 모든 죽음이 해피엔딩으로 끝나는 건 아닙니다. 특히 가족을 버리고 떠나거나 연을 끊고 살던 이는 홀로 죽은 채 발견되는 일이 다반사입니다. 어쩌다 너무 늦게 발견되면 형체조차 알 수 없습니다.

더 슬픈 일도 있습니다. 유족을 찾고 나면 그들이 이미 가족이 아닌 남이 된 사이임을 확인하게 될 때도 있습니다. 그때는 자업자득, 사필귀정과 같은 온갖 고사성어가 다 떠오릅니다.

가족에게 그리움과 미련이라도 남아 있다면 그나마 다행입니다. 달갑지는 않겠지만 가족된 도리로 시신을 인도해 갑니다. 그럴 때는 무척이나 감사한 마음이 듭니다. 나는 죽음을 기억하지 않습니다. 그때 가슴에 닿았던 감사한 마음을 기억할 뿐입니다.

죽음의 현장에서는 아무리 친구가 많다고 한들 가족이 아니면 아무런 소용이 없다는 것도 알아갑니다. 가족이 아니라면 시신을 인도받을 수도 없고, 정상적인 장례를 치를 수도 없습니다. 그래서 무연고 처리가 되는 경우도 봅니다. 그때는 가족의 무게가 생각보다 크다는 것을 새삼 느끼게 됩니다.

◇ ◇ ◇

　결혼한 지 2년도 안 된 젊은 산모가 출산하다 사망하여 출동한 사건이 있었습니다. 다행히 아기는 무사히 태어났으나 엄마는 산후출혈로 결국 회복하지 못했습니다.

　안치실에는 신랑이 넋이 나간 얼굴로 하염없이 눈물을 흘리며 산모의 곁을 지키고 있었습니다. 그 뒤에서 가족들은 슬퍼하며 남겨진 젊은 신랑을 걱정합니다.

　아이는 이제 어떻게 해야 하나?

　산 사람은 살아야지.

　죽은 자보다는 남겨진 자에 대한 걱정이 우선입니다. 나 역시 산모의 죽음은 기억나지 않습니다. 아니 기억하지 않습니다. 갓 태어난 아기 그리고 신랑의 하염없는 눈물을 기억할 뿐입니다.

　아기는 그해, 지인이 입양했다고 들었습니다. 그때가 백일쯤이었다고 합니다.

　아기를 입양한 부부는 자식이 없었는데, 많은 고민 끝에 사랑으로 품기로 했다더군요. 그리고 그 아기는 어느덧 초등학생이 되었고, 부부에게 여전히 사랑받고 있습니다. 부부 역시 아이로부터 많은 사랑을 받았을 것입니다.

죽음을 기억하지 않습니다. 사랑으로 극복한 해피엔딩만을 기억할 뿐입니다.

죽음은 인생의 끝인 동시에 남겨진 이들에게는 살아가야할 또 다른 시작입니다. 죽음으로 남은 가족이 흘린 눈물과 통곡은 여한을 털어내는 지극한 행위이며, 죽음이 주는 기회입니다.

죽음의 시간이 지나고 나면 가족은 새로운 삶을 시작해 갑니다.

비록 가족을 버린 인연이라도 남은 이들은 그리움과 미련을 털어내고 다시 생활과 일상의 문을 엽니다. 그래서 나는 죽음을 기억하지 않습니다. 남겨진 사람들의 돌아가는 뒷모습만 기억할 뿐입니다. 삶이 있다면, 죽음이 있는 것이고, 죽음의 순간이 있으면 삶의 기회도 있다는 것을 현장은 저에게 가르쳐주고 있습니다.

사람들은 죽음이 끔찍하거나 무섭다고 말하지만, 현장에서 죽음을 생각해본 적은 없습니다.

그래서 죽음이 기억나지 않습니다. 슬픔도 없습니다. 그저 다음 죽음을 묵묵히 맞이하고, 그들의 가는 길이 평안하기를 바랄 뿐입니다.

그래서, 내게 죽음의 기억을 물으신다면…….

저는 감사라고, 사랑이라고, 또 다른 시작이라고 대답하겠습니다.

죽지 못해
사는 사람은 없습니다

고려장의 역사적 근거는 확실하지 않다고 한다. 실체가 있었는지도 모르겠지만, 구전되어 내려오는 이야기는 누구나 다 안다. 고려 시대에는 예순이 넘으면, 지게에 부모를 업고 산으로 가서 버리고 왔다는 얘기를.

"아이고, 어르신! 아직 정정하시네요."

'정정하다', '어르신'……. 친척 결혼식장에서 오랜만에 본 사촌이 50대 후반의 친정엄마한테 이런 인사를 했던 모양이다. 이 두 마디를 했다고 엄마는 본인이 '꼬부랑 노인' 취급을 당했다며 분을 삭이질 못했다.

우리 엄마는 엄청나게 씩씩하다. 관절도 튼튼하고, 아픈 곳도 없다. 여전히 직장 생활도 하고 있다. 아직 손주도 없는 때라 자신을 청년처럼 여기신다.

엄마의 '정정' 사건 이후로 깨달은 게 있다. 연세가 있는 분들에게 나이에 빗대는 안부 인사는 절대 하지 말아야 한다는 것.

지금 60대는 옛날 옛적 고려장 60대와는 전혀 다른 나이다. 지금 같은 고령화 시대에 '꼬부랑 노인'은 이제 80대한테도 통하지 않을 것이다.

난 병원에서 오랜 기간 간호사로 근무했다. 환자들의 손을 잡아드리고, 눈을 맞추고, 걱정하는 것도 일이었다. 수술실과 장기이식 코디네이터, 투석실 등에 근무하며 주로 노인 환자들을 담당했다.

그들은 '살아있다'라는 의미를 매일 치열하게 새기며 하루를 버텨낸다. 나는 간호사로서 그들에게 의미 있는 보탬이 되었는지 날마다 자문해본다.

◇ ◇ ◇

노인 환자들 중에는 말도 안 통하고 답답해서, 나의 인내심을 시험하는 분들이 많다. 알코올성 간경변으로 간이식을 받았던 이식환자가 술을 먹는 건 흔하게 보는 일이었으며, 이럴 거면 병원에 뭐 하러 치료받으러 오냐며 실랑이하는 건 작은 해프닝에 불과했다.

깜박했다며 수시로 약을 빼먹고 상태가 안 좋아져서 실려 오는 것 또한 무한 반복. 먹지도 않을 약을 잔뜩 처방받아 가거나, 당뇨 조절은 내가 더 잘 안다며 인슐린 주사도 마음대로 맞다가 저혈당에 빠져서 응급실행.

주말 내내 끙끙 앓다 병원 앞에 쓰러져 있는 환자들과 맞닥트리는 게 월요일 아침의 일상이었다. 늙으면 죽어야 한다는 말이 입에 붙어 있고, 위태롭게 보행용 보조기를 차도로 끌고 병원에 와서는 돈 없어 병원비도 못 낸다고 앓는 소리는 기본. 병원비에 비급여 비용 천 원이라도 나오면 원무과 가서 고래고래 소리 지르기 일쑤.

그런데 의아했다. 본인이 치료받는 데 더 들어간 천 원이 아까운 분이, 병원 올 때마다 왜 의료진들 준다며 꽈배기를 잔뜩 사 오는지. 그것도 하루 종일 폐지 판 돈으로 말이다.

"이런 거 사 오지 말고 병원비에 보태세요. 꽈배기 진짜 안 좋아해요."

"응, 꽈배기 안 좋아해? 그럼 캔커피 사다 줄까?"

말은 안 통하고, 주어 없이 본인 할 얘기만 하면서, 어느새 뜨끈한 꽈배기가 든 검정 봉지를 또 품에 안긴다.

지나가다 신문뭉치라도 보이면 얼른 보조기겸용 장바구니에 넣어 씩씩하게 걸어가던 할머니들.

검시조사관으로 일하면서 알게 된 게 있다. 그렇게 저마다의 방식으로 '살아있다'라는 의미를 알렸던, 세상 답답하던 환자들이 오히려 고맙고 다행이라는 것을. 고집을 부려도 어떻게든 병원을 찾는 사람들은 그게 살아있다고 알아달라는 또 다른 삶의 외침이었다는 것을.

그동안 많은 죽음을 만났다. 그리고 모든 죽음은 서로 다른 모양을 가지고 있었다. 꽈배기를 잔뜩 사 오던 할머니와 체구도 연배도 비슷한 고인의 고독사 현장을 간 적이 있다.

고인이 누워있는 어둡고 좁은 방안엔 창문이 없었다. 대신 테이프를 길게 붙여 창문 모양을 만들어놓았다. 갈색 체크 무늬의 보행용 보조기가 눈에 띄었다. 거기 모아놓은 폐지들과 때 묻은 손가방도.

그래도 이틀에 한 번씩 투석을 받으러 병원에 씩씩하게

다녔다는데……. 사망한 고인을 보며 꽈배기 할머니가 생각났다. 검정 봉지를 건네며 흐뭇하게 웃던 구부정한 할머니의 모습이 흐릿하게 떠올랐다.

투석을 시작하고부터 매일 죽고 싶다며, 살아 뭐하냐며 투덜거리던 할아버지가 계셨다. 나이가 곧 여든이었다.

젊은 시절에는 멋쟁이셨는지, 항상 재킷을 갖춰 입고 머리엔 가르마를 정확히 타서 단정하게 다니셨다. 하지만 눈꼬리 끄트머리엔 눈물을 하도 흘려 생긴 진물이 그대로 고여 있었다. 습관처럼 죽겠다는 소리를 하니 가족도 멀어지고, 본인도 점점 얼굴이 어두워져 갔다.

"어르신, 뇌사자 신장이식 등록해보시겠어요?"

"이 나이에 내가 무슨 이식을 받겠다고……. 등록해도 되려나?"

"이식 대기 등록할 때 나이는 중요치 않아요."

"젊은 사람들이나 이식하는 건 줄 알았는데……. 그래, 나도 되든 말든 한번 해볼까? 내가 투석 안 하면서, 세계 여행 한번 다녀오는 게 버킷 리스트긴 한데."

나에게 등 떠밀려 이식등록을 하는 것 같았지만, 난 알고 있었다. 신장이식을 꼭 받고 싶어 하는 어르신의 눈빛을.

그런데 정말로 그 할아버지는 기적적으로 뇌사자에게 신장이식을 받으셨다. 그리고 소원대로 예쁜 꽃도 보고, 가족들과 여행도 다니며 행복한 여생을 보내셨다.

80대 나이에도 예쁜 옷 입고 싶고, 아프면 병원 진료받고 싶고, 여행도 가고 싶다. 삶에 대한 의지도 강해지며, 건강해지고 싶은 욕구도 커진다. 예전의 노인들과는 달리 더 활발하고 가치 있는 삶을 즐기고 싶어 한다.

그런데 변사 현장에서 보게 되는 죽음은 병원과는 많이 다르다. 어떤 노인들은 스스로 '고려장'을 하는 경우도 있다. 질병 관련 보험에 가입해놓고 보험금을 청구하려면 1년간 병원을 가면 안 된다며 피를 토할 때까지 진료 한 번 안 받고 사망하신 분도 있었다. 이제 난 곧 죽을 거라며 자식들이 치우기 쉽도록 매일 버리고 정리하다 준비된 죽음을 맞이하기도 한다.

◇◇◇

아들은 어머니를 병원에 입원시켜놓고 집으로 돌아왔다.

아들은 시간강사로 일했는데, 홀어머니를 부양하느라 다른 직장을 잡는 데 번번이 실패했다.

어머니는 지병이 열 개도 넘었고, 병원에 입퇴원을 반복했다. 요양원도 생각했지만 거기 모시는 건 불효라 생각했다. 아들은 어느새 40대를 바라보고 있었고, 결혼은 진작에 포기했다.

모아놓은 돈은 족족 병원비로 들어갔다. 병원에서 집에 돌아오면 내일 갈 어머니의 외래 예약을 확인하는 것이 일상이었다.

아들의 생활은 사라졌고, 취미 같은 것도 모두 잊었다. 예전엔 게임을 좋아했지만, 지금은 컴퓨터를 켜본 지도 오래됐다.

어느 날 어머니가 화장실에서 미끄러져 고관절 골절과 뇌출혈로 급하게 병원에 실려 갔다. 중환자실에 입원한 지 일주일 되던 날, 원무과에서 연락이 왔다. 병원비가 천만 원이 넘어갔으며, 오늘 내로 납부하라는 전화.

다음 날은 문자로 재독촉이 왔다. 아들의 지갑엔 달랑 오만 원짜리 두 장이 전부였다. 어머니를 수시로 병원에 데려가야 하니 강사 일도 자꾸 빠졌고 결국 실직 상태가 되고 말았다. 당연히 수입도 없었다.

주방의 전기밥솥 보온 시간이 99시간에서 다시 초기화돼 72시간을 넘어서고 있었다.

나는 노트를 손에 든 채 밥솥을 보며 망연자실 서 있기만 했다. 온몸에 맥이 빠져 코드를 뽑을 힘도 없었다.

제가 죽으면 제 앞으로 보험금 들어놓은 것하고…… 우리 엄마 병원비에 쓰세요.

아들은 본인이 사용하던 강사용 정리 노트에 유서를 썼다. 행여나 병원비가 없어 어머니가 치료를 받지 못할까 봐, 보험금 내용까지 상세하게 써놓고 생을 마감했다. 아들은 사망 후 3일 뒤 발견되었다.

중환자실에서 버티던 어머니도 결국 사망했다. 보호자인 아들에게 사망 통보를 하려고 병원 원무과에서 연락했으나, 계속 받지 않아 실종신고를 통해 확인한 것이다.

아들의 휴대전화에는 친구들 연락처조차 없었다.

아들의 휴대전화를 조사하던 현장 과학수사관들은 원무과의 병원비 독촉 연락 다음 날 수신된 메시지를 보고 탄식했다. 병원 사회복지과에서 온 연락이었다.

○○ 보호자님, 병원비 긴급지원대상이 될 수도 있으니 동사무소에서

서류를 지참하시어, 금일 사회복지과를 방문 바랍니다.

아들은 문자를 확인하지 못했다.

◇ ◇ ◇

고려장 이야기 속의 아버지는 아들이 자신을 지게에 지고 어디로 가는지 알고 있다. 깊은 숲속에 버릴 거라는 걸 아는 아버지는 아들이 돌아가는 길에 행여나 길을 잃을까 나뭇가지를 꺾어 바닥에 계속 떨구며 간다.

그날은 늦가을 밤바람이 무척 차가운 날이었다. 노인이 사망한 변사 현장에 가는 길이 더 을씨년스러웠다. 아파트에 도착해 현장으로 들어갔다. 넓은 실내는 매일 청소를 하는지 깨끗했다. 쾌적한 분위기였다. 어쩐지 여생을 다한 노인의 정상적인 죽음으로 보였다.

"고인분은 어디 계신가요?"

"저기……."

유족이 가리킨 곳은 요즘 신축 아파트의 잡동사니를 보관해놓는 공간, 팬트리였다. 팬트리는 주방의 싱크대와 같은 베이지 색상이라 얼핏 가구 같기도 했다.

팬트리 문을 양손으로 여는데, 어릴 적 읽은 동화 '오즈의 마법사'가 떠올랐다. 주인공 도로시가 양손으로 옷장 문을 열면 마법의 세계가 펼쳐졌는데.

설마 팬트리 장에서 자살을…….

문을 열자 팬트리의 모션등이 깜박거리려다 금방 꺼졌다. 깜깜한 내부를 손전등으로 밝혀보았다. 그리고 난 처음 알았다. 팬트리에 침대가 들어간다는 걸.

의료용 침대가 정말 딱 맞춤처럼 들어가 있고, 거기 고인이 누워 있었다.

두어 달 전에 치매를 진단받고, 일주일 전부터 거동이 불가능했다는 게 가족의 설명이었다. 의료용 침대에 누워있는 고인의 모습은 의외로 병색이 깊어 보이지 않았다. 아직 팔다리에 근육도 남아 있고, 얼굴에 살도 붙어 있었다.

팬트리 옆에 쌓인 성인 기저귀들과 코를 찌르는 배설물 냄새. 거동이 안 되는 일주일 동안 어떠한 돌봄도 못 받은 걸까?

고인이 갇혀 있던 팬트리는 불도 들어오지 않았다.

"그거 너무 깜박거려서 빼놨어요."

고인이 밤에 뒤척일 때마다 팬트리가 깜박거려 불빛이 새어 나오니 그것마저도 신경 쓰여 모션센서등을 가려버린 것일까.

말을 하지 않아도 알 것 같았다. 고인은 팬트리에 갇혀 있으면서 거의 돌봄을 받지 못했다는 것을. 숨이 붙어 있도록 하는 것 말고는 별다른 조치가 없었다는 것을.

팬트리 안에는 환기가 잘되도록 시원하게 난 큰 창문이 있었다. 그러나 방충망이나 블라인드는 설치되어 있지 않았다. 벽의 반쯤 차지한 팬트리 창문을 통해 쏟아지는 정오의 햇볕은 눈이 따가울 정도였을 것이다. 밤바람은 몹시 차갑고 시렸을 것이다.

의료용 침대 비닐은 아직 뜯지도 않은 상태였다. 얇은 침구조차 깔려 있지 않고, 두꺼운 적갈색 방수 패드만 덩그러니 있었다. 아마도 엄청나게 습하고 더웠으리라.

언제 간 것인지 모를 성인용 기저귀가 무겁게 고인의 몸에 채워져 있었다. 복용했던 알약은 5개월 전 잔뜩 처방받은 것인데, 담겨 있는 종이봉투에 구김마저 없다. 음식도 잘 못 넘겼으면 가루약을 먹어야 했고, 약은 구분이 잘 되어 있어야 한다.

이렇다 할 돌봄의 흔적은 없고, 그저 돌봄을 흉내 낸 흔적만 희미하게 보였다.

팬트리 문을 닫으니, 마법의 옷장 문처럼 대소변 냄새도 닫히고, 말끔한 거실이 펼쳐졌다.

우리를 지켜보던 유족들은 눈이 마주치자 그제야 갑자기 통곡하기 시작했다. 다분히 우리를 의식하고 그러는 것 같았다.

"고인분 신분증 있으신가요?"

"……."

그때 가장으로 보이는 남자가 쭈뼛거리며 중얼거렸다.

"아이고, 그거 내가 잊어버릴까 봐 바로 챙겨놨는데……."

유족인 아들이 꺼내 놓는 물건에는 고인의 통장 여러 개, 도장, 지갑이 있었다.

다른 가족들은 차갑고 경멸스런 표정으로 그런 아들을 쳐다보았다. 억지로 울었던 건 금세 끝이 났다. 하는 짓이

검시조사관으로 일하면서 알게 된 게 있다.

그렇게 저마다의 방식으로 '살아있다'라는 의미를 알렸던,

세상 답답하던 환자들이 오히려 고맙고 다행이라는 것을.

빤했지만 우리는 어떠한 감정도 드러내지 않았다. 그래서도 안 되었고. 갑자기 팬트리에 있는 큰 창문을 통해 바람이 차갑게 불어왔다.

죽음엔 이의가 없다. 병으로 사망한 것을 '병사'라고 하고, 우리는 변사 처리규칙에 따라 이의가 없으면 병사 처리를 하면 끝이다. 팬트리 문을 열었을 때와 달리 지금은 끝을 알 수 없는 시커먼 동굴로 빠져드는 것처럼 축축하고 서늘한 기분이 들었다.

깨끗한 아파트에 가족들은 각자 좋은 방 하나씩을 차지하고 지냈을 것이다. 아들은 치매가 막 발병한 아버지를 팬트리에 넣고 제대로 돌보지 않았으리라. 그리고 숨을 거둔 것을 확인하자마자 통장과 도장을 제일 먼저 챙겨 따로 보관했다.

아버지는 팬트리 문을 닫는 가족의 뒷모습에서 무엇을 보았을까?

닫힌 문 사이로 흘러나오는 불빛과 TV 소리. 저녁 식사의 음식 냄새. 본인의 대소변 냄새에 둘러싸여 버거운 기저귀를 찬 아버지의 마음은 무엇이었을까? 아주 옛날 지게에 업혀 산길을 오르던 아버지의 마음이었을까?

정신이 온전히 잠깐씩 돌아와도 입을 닫고 통장과 도장을 내어주는 것이 나뭇가지를 꺾어 바닥에 떨구던 아버지를 닮기는 했다.

유달리 밤바람이 차갑던 날이었다.

우리가 절망하지 않는
원동력이 뭔가 하면

화마가 지나간 화재현장은 모든 것이 무너졌다는 상실감만 남긴다. 시커먼 연기와 함께 재로 뒤덮인 현장 앞에 설 때면 사람들의 희망도 함께 무너져 내리는 것을 실감한다. 뭐라 위로의 말도 감히 건넬 수 없는 곳이 화재현장이다.

그래서 화재현장에 나설 때면 나는 늘 두려운 마음이 앞서고는 했다. 사람들의 절망이 내게도 고스란히 느껴졌기 때문이다. 마치 내게 일어난 일처럼. 내게도 일어날 수 있는 일처럼.

그날도 여느 날과 다르지 않았다. 2017년 4월 6일, 자정을 막 넘긴 시간 전화벨이 울렸다.

별 수 없이 화들짝 놀라고 만다. 매번 받는 전화지만 적응이 되거나 하지는 않는다. 아마도 그럴 일은 없을 것 같다.

무안군 운남면의 한 주택에서 화재가 발생했다는 신고 전화였다. 날이 밝자마자 현장 조사를 나섰다.

현장은 1층 단독으로 좁은 마당과 집 한 채로 이루어진 전형적인 시골 주택이었다. 이미 집은 전소가 되어 새까맣게 타고 뼈대만 남은 상태였다.

피해자는 망연자실한 채 주저앉아 있었다. 집이 타서 사라졌다는 건 오롯이 쌓아 올린 인생 전체가 무너져내리는 것과 같은 충격일 것이다. 그저 무사하다는 것만이 유일한 위로일지 모른다.

모조리 타버려 아무것도 남지 않은 집을 조사하고 나오다가 어디선가 낑낑거리는 소리를 들었다. 마당 한구석의 개집에서 들려오는 소리였다. 검정 재로 범벅이 된 어미 개와 강아지 세 마리였다. 잔뜩 겁에 질린 모습이었다.

눈앞에서 솟아오르는 불길이 얼마나 공포스러웠을까? 마음이 짠해졌다.

한참이나 눈을 떼지 못하고 있자 집주인 아주머니가 걱

정스레 물었다.

"집도 다 타버렸는데, 저것들을 어떻게 건사해야 할지 모르겠네요. 형사님이 데려다 키우실래요?"

"그래도 될까요?"

조심스럽게 묻는데, 집주인 아주머니께서 흔쾌히 허락하셨다.

"세 마리 다 가져가세요."

"어이쿠, 세 마리는 무리고요. 한 마리만 데려갈게요."

마음 같아서는 세 마리 다 데려다 키우고 싶었지만, 벌써 아내의 잔소리가 귓가에서 울리는 듯해 포기했다.

◇ ◇ ◇

이렇게 순남이와의 인연이 시작되었다. 과학수사 차량에 종이 박스를 싣고, 그 안에 조심스럽게 순남이를 넣었다. 강아지는 아주 작았다. 바들바들 떨고 있어 측은했다. 그러면서도 내게 꼬랑지를 살랑살랑 흔들어주었다.

어찌나 사랑스럽던지, 그때 모습은 아직도 선하게 떠올릴 수 있다. 순남이는 나와 함께 가는 차 안에서 단 한 번도 울지도 짖지도 않았다.

"그놈 참 순하네……."

그런 말이 절로 나왔다. 순남이의 이름이 탄생하는 순간이었다.

순한 강아지의 '순' 무안군 운남면의 '남', 그래서 '순남이'.

순남이가 처음 집에 왔을 때는 많이 불안해했다. 사람도 화재로 인한 트라우마는 오래간다고 한다. 하물며 영문도 모르고 뜨거운 불길에 떨었을 순남이는 오죽했으랴. 이렇게 불안해하는 게 당연한 일이었다.

우선은 건강검진이 필요했다. 순남이의 건강 상태 체크를 위해 동네의 동물병원에 데리고 갔다.

"호돌이네요."

원장이 순남이를 보자마자 씩 웃으며 강아지 머리를 쓰다듬었다.

무슨 말인지 모르겠다는 표정을 짓자 원장이 다시 흐뭇하게 웃었다.

"진돗개 종자 중 귀한 호피네요. 생후 2개월쯤 됐고요."

나는 그제야 순남이가 진돗개라는 사실을 알았다.

검색해보니 진돗개는 멧돼지도 잡는다고 했다. 오직 주인에게만 충성하는 충직한 견종이기도 했다.

"대박인데……."

일개 똥개로 알고 있던 순남이가 어엿한 진돗개로 바뀌는 순간이었다.

시간이 지나면서 순남이와 나는 많이 가까워졌다. 산책하고, TV도 같이 보고, 대화도 나누었다. 소소한 일상이 오래도록 반복됐다.

집에 들어오면 제일 먼저 달려와 부산스럽게 꼬리를 흔들며 반겨주는 순남이를 보며 가족보다 낫다는 생각도 종종 했다. 녀석을 통해 큰 위로를 받기도 했다.

사건 현장에서 사람들의 상처와 마주하며 겪는 아픔들도 집에 돌아와 꼬리를 흔들며 반기는 순남이를 안으면 치료가 되는 것 같았다. 그렇게 순남이는 내 작은 안식처가 되어가고 있었다.

◇◇◇

이제 순남이 나이도 8살이다. 그렇게 8년의 시간이 흘러

간 것이다. 순남이는 언제 그런 힘든 일을 겪었나 싶게 밝아져 갔다. 그런 순남이를 키우며 나에겐 희망과 회복의 의미를 되새기는 계기가 되었다.

순남이와 함께하는 삶은 매일매일 새로웠다. 순남이가 나에게 보여준 회복의 힘은 어떤 어려움이 있더라도 회복할 수 있는 원동력이 되었다. 과학수사관으로 현장에서 아무리 암울한 상황을 맞닥뜨려도 조금씩 극복해내는 작은 희망의 불씨가 되었다.

순남이는 나에게 최고의 선물이다. 꼬랑지를 살랑이는 그 아이를 만나면서 나는 오늘도 씩씩하게 화재현장으로 나선다. 그리고 사람들에게 절망 대신 희망을 전파하는 과학수사관이 되어가고 있다. 지금은 절망일지라도, 다시 시작할 수 있다는 희망을 전하려는 과학수사관 말이다.

마지막 비극의 순간들을
어루만져야 할 때

크리스마스가 얼마 남지 않은 겨울날, 나는 고시원으로 출동했다.

한 평 남짓한 고시원 안은 잡다한 쓰레기로 기득 차 있었다. 이런 곳에서 과연 일상생활이 가능할까 싶었다.

스스로 생을 마감한 사건. 별다른 특이사항은 보이지 않았다. 현장은 그 정도만 보여주고 있었다.

검시가 끝나갈 무렵, 변사자의 다리를 확인하는 과정에서 오른쪽 발에 얼기설기 싸매어놓은 티셔츠와 붕대가 눈에 들어왔다. 그의 얼굴을 다시 한번 보았다.

무직이었던 변사자는 고시원 비용이 여러 달 밀려 있었

다고 했다. 그걸 해결하려고 공사 현장에 나갔다는 것이다. 처음 나갔던 공사 현장에서 일하다 발에 못이 찔려 다쳤다는 고시원 총무의 이야기가 떠올랐다. 그 이후로는 그를 한참이나 보지 못했다고도 했다.

들러붙어 굳어버린 붕대와 티셔츠를 힘겹게 걷어내자 퉁퉁 불은 발이 드러났다.

발 하나를 더 겹쳐놓은 것처럼 부풀어 있었는데, 구더기들이 들러붙어 생살을 파먹고 있었다. 괴사된 상처가 한 데 뒤엉켜 녹아내리고 있었다. 심한 악취도 풍겼다. 속이 뒤집어지는 것만 같았다. 냄새 때문만은 아니었다. 얼마나 아팠을지 그의 고통이 고스란히 느껴졌기 때문이다.

그는 아마도 구더기가 자신의 살을 파먹는 걸 보았을 것이다. 그런데도 아픈 다리를 어떻게 해보지도 못하고 극심한 고통에 마지막 선택을 했을 것이다. 그의 마지막 모습을 떠올리니 왠지 내가 제 할 일을 다 하지 않아 벌어진 일인 것처럼 극심한 죄책감이 밀려왔다.

한때 나는 한 지방자치단체 간호직 공무원으로 지역사회 자원 연계, 보건 정책에 따른 사업, 일부 취약계층에 대한 사례관리 등의 업무를 담당했었다.

만약 내가 여전히 그 일을 하고 있었다면, 그에게 긴급치료비와 생계비 지원, 본인 의사에 따른 기초 수급자 등록 절차 진행 등등 그가 자립하기까지의 과정에서 필요한 도움을 줄 수 있었을지도 모른다. 그랬다면 스스로 삶을 마감하는 어리석은 선택을 막을 수 있지 않았을까?

꼬리에 꼬리를 무는 질문을 따라가다 나는 홀로 남아 그의 죽음에 심심한 애도를 드렸다. 그러고 보니 며칠 뒤면 크리스마스였다. 그에게도 누군가 나눠줄 선물이 있었을지도 몰랐다.

◇◇◇

아침 일찍부터 유난히 덥고 습했다. 출근하자마자 첫 신고가 들어왔다. 지난밤 난 화재로 치료를 받다 사망한 사건이었다.

왠지 오늘 하루가 순탄치 않겠다는 생각이 들었다. 다른 일로 복귀하던 중 업무용 휴대전화가 쉴 새 없이 울리기 시작했다. 좋지 않은 징조였다.

경찰서로 복귀한 나는 팀장님으로부터 사건 내용과 지

시사항을 전달받았다. K-DVI(재난희생자 신원확인) 활동에 필요한 장비를 챙겨 곧바로 화재현장으로 향했다.

사건 현장은 묻지 않아도 알 수 있었다. 대규모 화재사건이라 실시간으로 언론이 연신 특보로 보도하고 있었기 때문이다.

현장으로 가는 차 안은 무겁고 엄숙한 기운이 감돌았다. 이론만으로 접했던 대량 재난현장을 나는 이번에 처음 경험하는 거였다. 현장에서 무엇을 해야 하는지, 내가 실수 없이 잘 해낼 수 있을지 두려움과 걱정으로 손바닥이 축축해지기 시작했다.

차에서 내리자 13개 팀의 과학수사 차량이 도로에 줄지어 정렬해 있었다. 과학수사 차량이 이렇게 많다는 건 그만큼 화재사건으로 인한 시신이 많다는 걸 반증했다.

나를 포함해 현장에 출동한 모든 요원은 도로 한가운데 모여 세부 지시를 받고, 일사불란하게 화성 관내의 모든 병원과 장례식장으로 이동했다.

장례식장 지하 안치실에 도착하니 바로 첫 시신이 들어왔다. 시체낭의 지퍼를 열려고 다가가는데, 이미 뜨거운 열기가 온몸으로 느껴졌다.

지퍼를 여니 고온의 열기가 덮치듯이 훅 올라왔다. 그을리고 타버려 숯과 같이 변해버린 참혹한 시신과 마주했다. 이후 추가로 더 도착한 세 구의 시신도 상태는 비슷했다.

사전 정보와 왜소한 체구, 소지품 등을 토대로 그들이 외국인 여성들이었음을 알 수 있었다.

육안으로는 확인할 수 없는 상태의 시신에서 우리는 신원확인을 위한 유전자 시료를 채취하고, 소지품과 타고 남은 옷가지 일부를 신원이 뒤바뀌지 않도록 꼼꼼히 수십 번도 넘게 확인하며, 수집하고 기록했다.

시신의 상태는 모두 제각각이었다. 앞이 보이지 않는 어둠 속에서 살길을 찾기 위해 엎드려 이동하다 쓰러진 것으로 추정되는 자세, 기둥 뒤에 숨어 불을 피하려 했던 것으로 추정되는 웅크린 자세 등등. 불 속에서 마지막 순간까지 얼마나 급박하고, 혼란스럽고, 참혹했을지 짐작할 수 있었다.

장례식장의 습기 찬 지하 안치실에서 마지막 시신을 확인한 후 숨을 고르던 나는 꿉꿉해진 공기를 느끼며 잠시 옛 기억들을 떠올렸다.

군 복무 전후로 학비와 생활비를 벌려고 공장에 다녔던 적이 있었다. 인두로 땜질을 하면서 뿌옇게 피어오르던 연기를 잔뜩 마시며 일했던 때가 떠올랐다. 열심히 살긴 했지만, 그리 좋았던 기억은 아니었다.

병원 간호사 재직 시절에는 우리나라에 입국해 일했던 노동자들을 위해 의료 봉사를 하기도 했다. 그들은 불법체류로 추방당하면 어떻게든 방법을 찾아 돈을 벌기 위해 다시 한국행을 택했다. 그들은 외국인 노동자라는 이름보다 코리안 드림을 이뤄 부자가 되겠다는 희망이 담긴, 이주 부자라는 별명으로 불러달라고 했었다. 그들의 목표는 한 가지뿐이었다. 자신의 가족만큼은 풍족하고 여유롭게 살게하고 싶었던 것이다.

그들의 바람은 우리와 다를 게 없었다. 그래서인지 나에게 외국인 노동자의 죽음은 더욱 큰 슬픔으로 다가왔다.

나는 화재로 희생된 외국인 노동자들의 사연은 알지 못했다. 하지만 그들 역시도 내가 아는 외국인 노동자들처럼 자신을 희생해 가족의 꿈을 이루려고 한국에 왔을 것이다. 그 꿈은 분명 장밋빛이었겠지만, 이젠 재가 되어 사라졌다.

조금씩 꿈을 그려나가다 안타깝게 희생된 마지막 모습을

보고 있자니 다른 날보다도, 다른 죽음보다도 더 슬프고 쓸쓸했다.

사람은 각자의 위치에서 다른 사람들의 인생과 함께한다. 누군가는 태어나는 것을 보고, 또 누군가는 흥미진진한 살아온 이야기를 듣는다. 다른 누군가는 슬픔과 아픔을 들어준다. 그리고 나는, 나란 사람은 생의 마지막 순간을 보고(Seeing), 보고(報告)한다.

나의 가장 가까운
직장동료는 파리

Prologue

파리만 날린다고 했던가. 한가한 영업장을 말할 때 쓰는 말이지만, 우리에게는 조금 다른 의미로 읽힌다. 그곳에서 분명 그는 살아있었을 것이다. 단지 삶의 마지막이 며칠 전인지 몇 주 전인지 아직 모를 뿐이다.

분명히 살아는 있었다. 웃고, 울고, 기뻐하고, 슬퍼하던 그는 살아있던 사람이었을 것이다. 아직 전원이 꺼지지 않은 핸드폰 화면 속 안부 문자 알림과 책상 위의 밝게 웃고 있던 사진을 보면.

나는

늘…… 파리를 벗 삼고 일을 한다.

내가 문을 열고 집 안으로 들어설 때 나를 가장 반기는 건 파리다.

내가 일을 하는 동안 파리는 내 옆에서 노래하고, 수다 떨고, 사람들 저마다의 사연을 전해준다. 안타까운 삶의 마지막에는 늘 파리가 날린다. 지인들이 그의 죽음을 알기도 전에, 그에게 이별을 고하기도 전에 파리부터 날린다. 그래도 안도감이 든다. 파리들로 인해 죽은 이의 마지막을 짐작할 수 있겠다는 다행스러움에 말이다.

사연 없는 사람은 없다. 그러니 사연 없는 시신도 없다. 각자의 사정이 있다고 했다. 비슷한 사연은 있겠지만, 같은 사연은 아니었을 것이다.

이미 삶을 마감할 생각이었는지, 혹은 생각지도 못한 순간 갑작스레 삶이 끝나버린 건지, 파리를 마주해 알아내야 한다.

문득 궁금해질 때가 있다. 파리는 누구를 가장 먼저 만났을까? 죽은 이의 가족일까 아니면 친구일까? 그리고 그들은 안타까운 이의 사정을 알고 있었을까? 늦어서 혹은 홀

로 남겨둬서 미안하다고 말했을까? 남겨졌던 이의 죽음에
위로의 한마디는 건넸을까?

파리는 알고 있을 것이다. 궁금하지만 묻지 말아야 한다.
내가 파리에게 물어야 할 건, 희생자의 마지막 순간이 언제
였는가 하는 것뿐이다.

그래, 파리는……

죽음에 대한 슬픔 같은 건 모를 거다.

단지 어디에 먹을 것이 있는지. 어디에 알을 낳는지. 그
저 생명을 유지하려는 본능대로 찾고 있을 뿐. 그들의 삶은
너무나도 짧기에 고려해야 할 선택지가 없으며 오직 생존
과 번식만이 생의 목적이다.

며칠째 조용한, 아무도 찾아오지 않던 그곳은 안타깝게
삶을 마감한 이에게나 지독하게 외로운 곳이었을 뿐이다.
이미 숨이 멎어 녹아내리는 이의 가엾은 사연을 알 필요도,
알 수도 없는 그것들에게 그곳은 마냥 안전하고 안락하며
풍요로운 지상낙원이었을 것이다.

뒤늦게 오랫동안 닫혀 있던 문을 열고 찾아온 사람들은
안락한 자신들의 환경을 위협하는 포식자에 불과하다.

그것들은 누군가를 위협하려는 의도도 없고, 누군가의 죽음을 기뻐하지도 슬퍼하지도 않으며, 배려하지도 않는다. 그저 생존이라는 하나의 목표에 충실한, 이기적이며 기회주의적인 것들일 뿐이다.

어떤 이와 나 그리고 파리

하지만 그런 그들이 나는 감사하다. 이제 와 그들이 단서와 증거로 불리게 되니 소중한 존재로 보이기까지 한다.

주검 위로 줄줄이 늘어붙어 있는 그 조그만 생명체들을 불러내어 되묻는다. 그 작은 질서를 찾아 어떤 삶의 마지막을 알게 되었을 때, 그제야 안도감이 안쓰러운 감정을 덮는다.

그놈의 구더기가 이만큼 자란 거구나 하고 알아냈다는 건, 싸늘한 주검을 그만큼 늦게 찾아주었다는 의미이기도 하다. 발견의 기쁨과 동시에 안타까움이 공존하는 게 어느새 나의 일상이 되어버렸다.

희생자는 파리에게 먹히고, 나는 희생자의 마지막 순간을 찾고, 파리는 내게 단서를 제공한다.

그런 지독하게도 가까워질 수밖에 없는 삼각관계 속에서

안타까운 희생자의 마지막을 파리를 통해 찾아내는 것.
그것이 내가 할 수 있는 최선이었다.

우리는 울고 웃으며 서로의 존재를 확인한다.

다시 나는

그 모든 삶의 마지막을 품은 현장을 나는 관찰하고 해석한다. 사건의 줄거리들은 행복할 수 없고, 웃을 수 없으며, 감동적일 수 없다. 내가 마주하는 이들의 죽음은 어둡고 쓸쓸하다. 그럴 땐 애써 밝은 표정을 지어보려고 한다.

나의 가장 가까운 직장동료는 파리라고 되뇌면서 재미있지도 않은 생각을 유머라고 포장해 본다.

차라리 매일 우중충하고 비라도 왔으면 좋겠다. 적어도 그들에 대한 안타까운 감정을 우울한 날씨로 핑계 삼을 수 있을 테니까.

그래도 그런 날씨만 존재하지 않는 것처럼 사연에 이입되는 감정을 철저히 배제하려 한다. 나는 사건의 진실을 찾는 사람이지 그들의 사연을 품고 회개와 은총을 주는 카톨릭 신부가 아니니까.

안타까운 희생자의 마지막을 파리를 통해 찾아내는 것. 그것이 내가 할 수 있는 최선이었다.

Epilogue

파리만 날린다고 했던가.

오는 이가 없다는 건 단순히 사람이 없다는 뜻만은 아닐 것이다. 오는 이가 없어 외로웠던 방 안에 누구라도 찾아와 안아주길 바랐던 이가 파리는 아니었을 텐데.

어쩔 수 없이
눈물이 나는 걸

주택가 빌라에서 변사사건이 발생했다.

들어선 현장에는 지독한 시취가 진동을 했다. 시취는 이미 집 안뿐 아니라 빌라 복도까지 스며 나온 상태였다. 시신이 얼마나 오랜 시간 방치되었길래…….

거실 바닥에 한 남자가 부패된 채 사망해 있었다. 남자의 시신은 목까지 이불을 덮고 있었으며, 얼굴에는 수건이 올려져 있었다.

'살인사건인가?'

심장 박동수가 느려진다. 차분함과 냉정함으로 사건 현장을 분석할 준비를 하는 중이었다. 이제는 어떤 살인사건 현장을 봐도 놀라지 않았다. 어떤 시신을 봐도 고개 돌리지 않는다.

역한 냄새도 어느 정도는 견딜 수 있었다. 그건 다년간 얻은 경험으로 생겨난 굳은살 같은 것이었다.

집 안으로 한 걸음 더 내딛었다. 그때 갑자기 괴성에 가까운 여자아이 목소리가 터져 나왔다. 유튜브 동영상 소리도 함께 흘러나왔다.

여자아이는 우리를 보고 나가라고 소리 질렀다. 아이는 스스로 너무 불안한 나머지 소리를 지르는 것 말고는 할 게 없어 보였다. 그저 낯선 사람들을 보자 경기를 일으킬 것처럼 놀란 것이다. 내지르는 소리가 더욱 날카로워졌다.

그리고 나는 이내 그 아이가 특별한 아이라는 걸 알아차렸다. 사망한 남성의 딸인 그 아이에게는 자폐 장애가 있었다.

아이가 진정될 때까지 가만히 기다렸다. 더 이상 다가오지 않자 아이는 숨을 헐떡이며 주저앉았다. 제풀에 지친 모습이 가련하기만 했다. 더 이상 위험한 사람들이 아니라는 걸 알아차렸는지 조금 더 다가가도 소리 지르지 않았다. 그러고 나서야 아이에게 자초지종을 물을 수 있었다.

아이는 아빠가 피곤했는지 깨워도 일어나지 않고 잠만 잤다고 했다. 그래서 추울까 봐 이불을 덮어줬다고도 했다. 입과 코에서 계속 피가 흘러나와 수건으로 닦아주었다고 했다.

아이 말대로 변사자 머리 옆에는 부패 체액을 닦은 수건 더미가 놓여 있었다. 처음 살인으로 오인했던 이유이기도 했다.

◇ ◇ ◇

아빠가 죽었다는 걸 알려주었지만 딸아이는 울지 않았다. 그저 빤히 보다가 또 나가라고 소리치고는 휴대전화 동영상만 물끄러미 바라볼 뿐이었다.

휴대전화 안에서는 애니메이션 속 등장인물들이 해맑게 떠들고 있었다. 아이가 가끔 그 영상을 보며 미소를 띠기도 했다.

가슴이 철렁 내려앉는 것만 같았다. 어느새 차분해졌던 심장 박동이 빨라지고 있었다. 이제는 어떤 죽음에도 덤덤할 수 있으리라던 내 생각은 틀렸던 거다. 한참이나 거실에 누워있는 남자의 시신에서 눈을 떼지 못했다.

죽기 전 얼마나 가슴 아프고 또 아팠을까? 딸 걱정에 눈도 못 감은 것 같았다.

이토록 슬퍼보이는 얼굴을 한 사람의 죽음이 있었을까? 얼굴에 깊은 그림자가 드리워져 있었다. 마치 그의 영혼이 이승을 떠돌며 딸아이 옆에 있는 것만 같았다.

아빠의 주검과 딸아이를 번갈아 바라보는데, 나도 모르게 눈물이 주르륵 흘러내렸다. 문득 집에 있는 내 아이가 생각나서였다.

◇ ◇ ◇

나도 자폐 아이를 키우는 아빠다. 누군가에게는 그냥 이상한 사망이고, 기이한 현장일 테지만 내게는 가슴 아픈 사연이 투영되는 현장이었다. 발달 장애를 가지고 있는 아이를 키우는 부모들은 한가지 소원이 있다고 한다. 그건 바로 우리 아이보다 하루만 더 살고 싶다는 바람이다.

부모가 죽고 나면 장애아는 이 세상에 혼자 남겨지게 된다. 혼자 남겨진 아이가 제대로 살아갈 수 있을까? 그런 걱정과 고민이 깊어지면 부모는 아이보다 하루만 더 오래 살고 싶은 마음이 더욱 간절해진다.

이는 역설적으로 나보다 아이가 먼저 세상을 떠나기를 바라는 마음이기도 하다. 어느 부모가 자식이 먼저 죽기를 바란단 말인가! 하지만 장애아이를 키우는 부모는 자신보다 아이가 먼저 세상을 떠나기를 바라는 가슴 아픈 바람을 품고 살아간다. 그것이 소원이라 말하면서…….

사망 사건을 다루는 일은 무거운 책임감과 깊은 감정의 소용돌이를 불러일으킨다. 객관적이어야 한다는 건 알고 있지만, 그 뒤에 숨어 있는 인간적인 비극을 완전히 무시할 수는 없다.

이런 순간을 마주할 때면 더더욱 그렇다. 게다가 과학수사관들은 각자 처해 있는 개인적인 상황으로 저마다 더욱 슬픈 감정에 휩싸이는 현장들이 있다.

나는 한참 동안 그 현장을 떠나지 못했다. 혼자 남겨진 아이, 그런 아이를 두고 혼자 떠나야 했던 아버지의 마음이 내 마음 같아서였을 거다.

현장을 뒤로하고 주택가를 벗어나는데, 저 멀리서 교회 종소리가 그의 떠나는 길을 위로라도 하듯 오래 울리고 있었다.

놓지 못하게
단단히 손 잡아주길

2019년 7월 어느 날, 아침부터 내리던 비는 그쳤지만, 습기가 여전히 공기 속에 가득했다. 서서히 달아오르는 아스팔트가 수상했다. 조금만 더 있으면 뜨거운 김을 내뿜을 조짐이 보였다. 지구대에서 연락이 왔다.

모자(母子)로 보이는 두 사람의 사망 현장이 발견되었다고 했다. 부패가 너무 심해 상황을 정확히 파악하기 어렵다는 설명도 덧붙였다.

현장을 처음 발견한 건 수도검침원이었다. 검침을 시행하다가 이상한 냄새를 맡고 관리사무소에 알렸고, 관리사무소는 긴급히 112와 119에 신고했다. 출동한 소방관은 악취를 견뎌내며 잠금장치를 뜯었고, 수검 경고와 안전 점검 안내문이 붙어 있던 문을 열었다.

현장에 도착해 내부를 슬쩍 둘러보고 팀원들과 함께 감식 계획을 논의했다. 바닥에는 발자국 모양의 얼룩이 있었고, 거실에는 과도가 놓여 있었다. 타살 가능성도 배제할 수 없는 상황이었다.

덥고 습한 날씨에 보호복까지 입고 현장을 조사하는 일은 여간 힘든 일이 아니었다.

아파트 면적은 13평 남짓이었다. 들어서자마자 바닥에는 죽은 구더기와 파리들이 가득했다. 엄마는 부엌에서, 아들은 안방에서 웅크린 채 발견되었다. 그들의 모습은 거의 미라처럼 말라 있었다.

피로 보기엔 색이 옅은 갈색 얼룩이 바닥에 퍼져 있었고, 특히 엄마의 시신에는 상처도 없는데 밴드가 여기저기 붙어 있었다.

화장실의 수도꼭지는 손잡이가 올라가 있었으나 물은 나오지 않은 상태였다. 부엌의 싱크대에는 반도 남지 않은 간장병 하나, 냉장고에는 유통기한이 넉 달 남짓 남은 고춧가루 봉지만 덩그러니 놓여 있었다. 그 흔한 햇반이나 라면조차 찾아볼 수 없었다.

안방 벽에는 아들의 손이 닿는 높이까지 낙서가 빼곡했다. 아들의 흔적은 집 곳곳에 남아 있었다.

관리사무소의 협조로 확인한 결과, 사망한 엄마는 40대, 아들은 6세였다. 중국 국적의 아빠는 이미 중국으로 돌아간 지 오래였다고 했다.

관리실은 지난달 수도 사용량이 이례적으로 높아 이를 차단했지만, 이후로도 이 집에서는 아무런 연락이 없었다고 했다. 이웃은 그들을 마지막으로 본 게 몇 달 전이라고 기억했다.

◇ ◇ ◇

증거를 종합해 현장을 재구성했다. 부패 정도로 보아 엄마가 먼저 사망했고, 그 후에 아들이 뒤따랐을 것이다.

엄마가 하루이틀 일어나지 않자 아들은 엄마가 아픈 줄 알았을 것이다. 그리고 그가 기억한 엄마의 손길처럼, 엄마의 몸에 밴드를 붙이기 시작했을 것이다.

엄마의 체액이 흐르자, 아들은 그것이 엄마의 피라고 생각했을지도 모른다. 그는 피를 씻으려고 했지만, 그마저도 실패했을 것이다. 바닥에 남은 얼룩은 아들의 발 크기와 일치했다.

부엌에 있던 빼곡히 채워진 연습장 한 권, 그 안에는 아들이 그린 그림들이 담겨 있었다.

아들은 노트를 다 쓰고도 그림을 그릴 공간이 부족해지자, 벽과 문틀에 그림을 그리기 시작했다.

엄마가 긴 잠에 빠진 이후로 더는 혼날 염려도 없었을 것이다. 이 작은 공간 안에서 아들은 자신만의 세상을 만들어 나갔다. 아들의 그림 속 인물들은 모두 큼지막한 숫자가 적힌 종이를 들고 있었다.

10000000000000000000000000

아들의 그림이 빼곡히 그려진 안방 벽을 바라보며 문득 루브르 박물관에 있던 '가나의 혼인 잔치(Les Noces de Cana)'라는 작품이 떠올랐다.

예수 그리스도가 물을 포도주로 바꾼 기적을 행한 성경 이야기를 담은 그 거대한 그림과 그날 그 좁은 방에서 내가

우리는 사건의 실체적 진실을 밝히는 것이 사명이었다.
그러나 그 진실은 종종 이렇게 무겁고 불편하다.

느낀 무거운 공기는 닮아 있었다.

가나의 혼인 잔치에서 물이 포도주로 변했듯이, 아들도 자신의 손으로 기적을 만들고 싶었을 것이다. 그는 그 좁은 방 안에서 자신과 엄마가 걱정 없이 살아갈 수 있는 세상을 창조하려 했던 것은 아닐까.

벽과 문틀에 그려진 이 거대한 돈은 아이가 간절히 원했던 소망이었다.

나중에 들은 이야기로, 엄마는 2013년에 어렵사리 아들을 낳았고, 이후 여러 곳을 전전하다가 이곳에 들어왔다고 했다. 그리고 사람들과 단절된 삶을 살았다.

한 달 생활비는 20만 원에 불과했고, 아동수당이 끊기자 그마저도 절반으로 줄어들었다. 그렇게 서울 한복판에서 굶주림을 못 이겨 모자가 아사했다는 소식이 전해졌다.

다이어트가 일상처럼 유행하는 현대 사회에서 굶어 죽었다는 비현실적인 모자의 소식을 듣고, 저마다의 슬픔과 분노를 안고 사람들이 광화문에 모여들었다. 전문가들은 복지 사각지대에 대한 종합적인 대책을 촉구했다.

엄마와 아들은 세상을 떠나면서 이렇게 세상에 남은 이웃들에게 관심을 가져달라는 마지막 메시지를 남겼다. 재

구성한 진실은 이들이 이 세상에서 얼마나 외로웠는지를
말해주고 있었다.

그들의 고독 속에서, 우리는 무엇을 놓치고 있었을까.

우리는 사건의 실체적 진실을 밝히는 것이 사명이었다.
그러나 그 진실은 종종 이렇게 무겁고 불편하다.

엄마는 지금 맑음이야

여름아!

엄마는 네가 첫돌을 맞은 2005년도에 경찰청 검시조사관 1기로 임용되었단다. 내가 경찰로 근무하며 경력을 쌓아가는 동안 어느덧 너도 부지런히 자라서 간호학도로 바쁜 학과 생활을 보내고 있구나. 아르바이트도 힘든데 학교 봉사 동아리 임원으로, 교회 반주자로, 청년부 회장까지 도맡아 가며 씩씩하게 잘해 내려고 애쓰는 모습이 대견하다.

엄마는 20년 동안 현장 검시조사관으로 일하면서 너와 동생 여울이에게 늘 빚진 마음이 있어. 그 긴 시간 동안 3일에 하루씩은 당직 근무를 서느라 식사며, 숙제며, 돌봄이 필요할 때마다 엄마의 자리를 채워주지 못한 미안함 때문이야.

아침마다 잠이 덜 깬 눈을 비비며 일어나는 너희들 등을 두드려 '빨리 밥 먹어, 빨리 걸어, 등원 차량 놓치면 엄마 지각해'라고 채근했던 기억이 떠오르네. 너희들은 못 봤을지 몰라도 그때 엄마의 얼굴은 늘 심각하고 경직되어 있었을 거야. 어느덧 너는 어엿한 대학생이 되었고, 여욱이는 의젓한 고등학생이 되어 엄마의 든든한 버팀목이 되어주고 있구나. 나이답지 않게 독립심 강한 모습을 보여줄 때마다 새삼 미안하고 고맙단다.

너희들은 엄마가 항상 씩씩하다고 했지만, 엄마라고 20년 직장 생활 동안 왜 힘든 일이 없었겠니? 아무도 가지 않은 새로운 현장 검시 분야를 개척하면서 호기심 어린 시선을 늘 의식해야 했단다. 임용되자마자 일주일 내내 범죄 현장에서의 변사체 사진만 보여주는 교육 때문에 충격을 받아 '당장 이 일을 그만 두어야겠다'고 마음먹기도 했고.

그때 아빠가 엄마에게 이러더구나. '힘든 일이겠지만, 범죄로 희생된 억울함을 풀어줄 수 있는 선한 일을 누군가 꼭 해야 한다면⋯⋯ 내 와이프가 하면 좋겠어'라고. 그 말을 들으니 엄마는 뒤통수를 세게 한 대 맞은 기분이었어.

그뿐만이 아니었단다. 때로는 타 부서 직원들의 말이 부담스럽기도 했어.

세상에 아름다운 것만 보아도 인생이 짧은데, 어떻게 매일 시신을 보며 살아요?

일이 무섭고 힘들지 않아요?

정말 염려해주느라 그랬을 테지만, 처음엔 그런 말들이 서글프고 서운했단다. 그러나 어느 순간부터 진정한 아름다움이 무엇인지 나름대로 생각해보게 되었어. 아름다움의 가치는 눈으로 보이는 데만 있다고 떠올리기 쉬운데, 그런 것만이 전부가 아니라는 걸 알았지. 잘 드러나 보이지 않는 삶에서 풍겨 나오는 감동들이 더 고귀하고 아름답다는 것을 말이야.

20년 동안 전신 마비 환자를 돌보면서 헌신했던 가족이 임종을 맞이한 후에도 망인에게 대하는 가족애와 애도의 모습에서 스스로를 되돌아보게도 되었지. 그럴 때는 내가 치유 받는 기분이 들기도 했어.

중학생 남자아이가 튀김을 하다가 불이 붙은 프라이팬에 물을 끼얹는 바람에 온 집 안이 전소가 된 적이 있었어. 연락을 받고 급히 직장에서 달려온 엄마가 아들에게 괜찮다며 아들을 꼭 껴안아 주던 모습에서는 성숙한 모성애를 느낄수 있었어.

고독사 변사사건에 나갔을 때는 현장에서 이웃의 지인들이나, 사회복지사, 교회나 성당의 신자들을 만날 때가 있어. 아무도 모르게 가는 길이 외롭고 힘들었겠지만, 그래도 그들로 인해 망자가 조금은 위로가 되지 않았을까 싶기도 해.

여름아!

때로는 마음 아픈 사연도 많단다. 경매 압류 처분 스티커로 도배된 집이었는데, 5살과 8살 남자아이 그리고 택배 기사인 남편을 두고 아내이자 엄마가 삶을 마감한 현장이었어. 엄마의 검시 현장 주변을 떠나지 못하던 두 아이의 눈빛이 10년이 지난 지금도 선하게 떠오르곤 해.

가족을 잃고 남은 가족들의 아픔은 얼마나 클까? 그것만이 아니란다. 고립된 환경에서 스스로 빠져나오지 못하고 죽어가는 사람들의 심정은 얼마나 괴로울까? 예기치 못한 사고로 목숨을 잃었으니 얼마나 억울할까? 이런 죽음들을 접할 때마다 인간의 한계와 유한함이 더 극적으로 느껴진단다.

한편으로 사회의 구조적인 문제로 인식하고, 기관이나

단체들의 역할이 같이 가야 한다는 생각도 하게 돼. 충분히 막을 수 있는 죽음들이 적지 않다는 걸 알게 되니까. 변사 현장에 가면 변사체 검시만 하게 되는 건 아니더라. 이렇게 죽음의 불평등을 줄이기 위해 해야 할 일이 무엇일까, 질문 도 함께 더듬게 되지.

최근에 엄마가 근무하는 과학수사계에서는 대전광역자 살예방센터와 함께 각 유가족에 맞는 원스톱 지원을 하자 고 약속했어. 육아 돌봄이나 경제적 지원이 필요한 곳이 있 는지, 주거지가 필요한지, 정신적 치료와 심리적 상담이 필 요한지, 자조그룹●이 필요한지⋯⋯. 이러한 도움이 필요하 다면 한 가정이라도 희망을 되찾을 수 있도록 유관 기관과 지역사회가 연계해 효율적으로 도와주자고 말이야. 그러면 서 더 많은 걸 깨달아가는 것 같아. 인생의 남은 여백은 누 가, 어떻게 채워가느냐에 따라 달라지고 바뀌어 가는 거라 는 걸.

여림아!

엄마 곁에도 많은 도움들이 있단다. 엄마가 현장에서 가 방이나 핸드폰을 깜박하고 나올 때마다 챙겨주는 직원들의 배려가 있지. 지하 현장에 혼자 들어가지 말고 같이 들어가

자며 뒤에서 옷깃을 붙잡는 동료애도 있고, 갑자기 배가 아파 힘들어할 때 현장 차량을 약국 앞에 주차해놓고 약을 사다주는 인정 넘치는 사람들도 있어. 바쁜 교대 시간을 알고 일찍 현장에 도착해주는 검안 의사들의 마음 씀씀이는 또 얼마나 든든한지. 이런 도움들이 곁에 있어 엄마는 오늘도 직장으로 향하는 출근길이 가볍고 감사하단다.

여림아!

인생을 살아가며 높은 파도들은 끊임없이 밀려오지만, 비겁하게 도망치지는 말자꾸나. 맞서고자 하는 용기를 가지고 버티며 나아가보자꾸나. 의외로 파고가 높을 줄 알았는데, 잔물결일 수도 있고, 위협적이고 강한 파도라도 함께해주는 조력자들이 나타나 어깨 걸어주면 또 버티게 되더구나.

그래서 인생은 끝까지 살아볼 만한 여정인 것 같아. 마라톤이 우승자뿐만 아니라, 완주자들도 빛나는 것처럼 우리도 결과에 얽매이지 말고 오늘도 신나게 뛰어보자!

❶ 공통적인 문제를 가진 사람들이 모여 공통의 목적을 위하여 자발적인 비전문적 활동을 함으로써 집단 성원 개개인이 도움을 얻는 모임

비록 가족을 버린 인연이라도 남은 이들은
그리움과 미련을 털어내고
다시 생활과 일상의 문을 엽니다.
그래서 나는 죽음을 기억하지 않습니다.
남겨진 사람들의 돌아가는 뒷모습만 기억할 뿐입니다.
삶이 있다면, 죽음이 있는 것이고,
죽음의 순간이 있으면 삶의 기회도 있다는 것을
현장은 저에게 가르쳐주고 있습니다.

■이 책의 과학수사관들

박우현	과학수사심의관	서문, 성탄절 새벽 화재현장에서
신후용	현장 과학수사관	6년이나 걸렸지만 깨어나줘서 고마워
이미정	검시조사관	착한 어른들이 아이를 키우는 세상이라면
최규환	프로파일러	진실에 다가갈 때는 살얼음판 건너듯이
이철한	현장 과학수사관	찾아드립니다, 당신의 오래된 이야기
박상희	검시조사관	처음 얻은 이름으로 출생신고 아닌 사망신고를
전해은	지문감정관	평생 변하지 않는 게 있어 다행이다
전성일	최면수사관	기억이 사라진 그 순간에 떠오르는 기적
조희정	검시조사관	나의 검시 일기 한 페이지에 담긴
김동현	현장 과학수사관	그때가 떠오르면 빗소리가 들린다
김명진	현장 과학수사관	나는 1832번째 대한민국 과학수사관입니다
김영현	수중과학수사관	우리는 가장 어둡고 깊은 현장으로 잠수한다
김지원	검시조사관	그녀의 직업은 검시조사관입니다
김희정	영상분석관	지나놓고 보니 참 뜨겁고 무더웠던
윤정아	프로파일러	범죄자의 내면을 통과해 세상을 본다는 건
조헌오	체취증거견 운용관	말하지 않아도 통하는 핸들러를 아시나요?

바탕삽화 현장 과학수사관 조형근

이 책은 단순히 범죄 해결 과정을 그린 것이 아니라, 과학수사관들의 애환을 통해 그들의 마음을 들여다보게 한다. 참혹한 현장을 수없이 마주하면서 겪는 심리적 고통과 어려움 그리고 그들의 인간적인 면모와 직업에 대한 성찰이 고스란히 담겨 있다. 차가운 실험실에서 뜨거운 열정을 쏟고, 날카로운 분석력으로 단서를 추적하는 치열한 여정은 우리에게 큰 감동을 안겨준다. 사건 해결을 위해 보이지 않는 싸움을 벌이는 한국의 1832명 과학수사관에게 경의를 표한다.

김남길(「악의 마음을 읽는 자들」 출연)

연기자로서 과학수사관은 가장 어려운 역할 가운데 하나입니다. 그들의 표정이나 행동에서 마음을 알기가 어떤 배역보다 어렵기 때문입니다. 이 책을 보고 아쉬움의 탄식이 절로 나왔습니다. 과학수사관(프로파일러)로서 고뇌하는 이들의 목소리가 담긴 글을 진작에 볼 수 있었더라면 좀 더 캐릭터를 충실하게 보여줄 수 있었을 텐데. 이 책은 경찰 역할을 맡게 될 많은 연기자들에게 연기 수업과도 같은 책이 될 것입니다. 그리고 비중과 무관하게 그 역할의 가치와 과학수사관들의 열정과 노고를 깨닫게 될 것입니다.

진선규(「악의 마음을 읽는 자들」 출연)

과학수사관들의 진솔한 이야기가 가슴 뭉클하게 다가오는 책입니다. 차가운 이성으로 진실을 찾아가면서도, 따뜻한 가슴으로 희생자와 유가족들을 품는 과학수사관들의 헌신과 사명감이 깊은 울림으로 다가옵니다. 현장에서 죽음과 마주하며 헌신해온 그들의 노력과 진심이 독자 여러분의 마음에도 전해지길 바랍니다.

정해인(「베테랑2」출연)

과학수사관이 마주하는 현장의 무게는 우리가 상상하는 것보다 훨씬 더 무겁고 깊었습니다. 하지만 그들은 언제나 냉철한 지성과 따뜻한 가슴으로 범죄를 해결하고 희생자와 유가족들을 품습니다. 그들이 지켜내고자 했던 가치와 진심이 독자 여러분의 마음에도 오롯이 전해지길 바라며 이들이 보여준 용기와 사명감이 더 많은 이들에게 감동과 영감을 줄 수 있기를 기원합니다.

경찰청장

우리는 영화의 한 장면에만 나오지만

1쇄 발행 2024년 12월 16일

지은이 박우현 등 현장 과학수사관 28명
펴낸이 배선아
펴낸곳 고즈넉이엔티

출판등록 2017년 3월 13일 제2022-000078호
주   소 서울특별시 강서구 마곡 중앙2로 15, 테크노타워2차 3층
대표전화 02-6269-8166 **팩스** 02-6166-9199
이 메 일 gozknockent@gozknock.com
홈페이지 www.gozknock.com
블 로 그 blog.naver.com/gozknock
페이스북 www.facebook.com/gozknock
인스타그램 www.instagram.com/gozknock

ⓒ 한국CSI학회(한국경찰과학수사학회), 2024
ISBN 979-11-6316-614-6 (03810)

내지 이미지 Designed by Freepik
Illust. 서화